AF392211

Lo Ominoso

EDITORIAL THELEMA

Lo ominoso / Vanesa Lourdes O´ Toole ... [et al.]. - 1a ed. - Ciudad Autónoma de Buenos Aires: Thelema, 2019. 158 p.; 23 x 14 cm.

ISBN 978-987-4002-30-3

1. Narrativa Argentina. 2. Cuentos de Terror. I. O´ Toole, Vanesa Lourdes
CDD A863

Editorial Thelema
thelemaeditorial@gmail.com

Coordinación editorial: M. Fernanda Bertonatti & Vanesa O' Toole
Corrección de estilo y maquetado: Vanesa O' Toole
Ilustración de tapa y contratapa: Elis Zill
Diseño de tapa y contratapa: H. Kramer
Ilustraciones internas: Elmo Rocko

www.editorialthelema.com

"No hay en el mundo fortuna mayor, creo, que la incapacidad de la mente humana para relacionar entre sí todo lo que hay en ella. Vivimos en una isla de plácida ignorancia, rodeados por los negros mares de lo infinito, y no es nuestro destino emprender largos viajes. Las ciencias, que siguen sus caminos propios, no han causado mucho daño hasta ahora; pero algún día la unión de esos disociados conocimientos nos abrirá a la realidad y a la endeble posición que en ella ocupamos, perspectivas tan terribles que enloqueceremos ante la revelación o huiremos de esa funesta luz, refugiándonos en la seguridad y la paz de una nueva edad de las tinieblas".

Howard Phillips Lovecraft
La llamada de Cthulhu (fragmento)

PRÓLOGO

Lo *ominoso* nació en el año 2015, a partir de un concurso organizado por Editorial Thelema en homenaje a Howard Phillips Lovecraft.

Así, *Lo ominoso* se convirtió en la segunda antología de la editorial, que reunió a distintas voces terroríficas tanto de Argentina como del extranjero.

Cuatro años más tarde, decidimos darle un segundo nacimiento, convocando a nuevos autores y sumando la magia de la ilustración y del diseño.

Desde entonces, hemos conocido grandes talentos literarios, a algunos de los cuales invitamos a ser parte de esta nueva antología. Entre ellos, Paul Calvetti Costa, Alan Souto, Federico Sartori, Jorge Lacuadra y Mauro Croche.

Asimismo, quisimos darle la oportunidad de volver a verse publicados a aquellos autores que surgieron del concurso organizado en 2015. Nos siguen acompañando Mariela Pappas, Ana Camila Mariotti, Claudio Díaz, Gabriel Daraio, Agnes Vidal, Leonor Ñañez, Natasha Alonso, Nicolás Lasaigües, Maximiliano Petazzi, Michelle Rjauscher y, representando a México, Fernando Villaseñor Ulloa.

También abrimos una nueva convocatoria para dar lugar a los autores emergentes. Para ello, dividimos el concurso en dos categorías: una exclusiva a la provincia de San Luis y otra, para el resto del país.

Fue así que viajamos a San Luis y, en el marco del evento *Frikipalooza*, dimos una clase teórico-práctica para ahondar en la narrativa de Lovecraft para ayudar a los concursantes a corregir sus escritos. El evento finalizó con el anuncio de Milagros Sánchez Girard como ganadora del certamen, categoría San Luis.

Unos meses más tarde, anunciamos no a dos sino a tres ganadores de la categoría "resto del país". Se suman así a esta familia ominosa, Jorge Gómez, Alfredo Nicolás Merele y Claudio De Carlo.

Por último, las editoras nos colamos entre los escritores, completando el plantel de veintidós autores para esta nueva antología que busca homenajear a un grande del terror de todos los tiempos.

Este libro no sería el mismo sin el oscuro talento de Elisabeth Zilli ni el arte supremo de Elmo Rocko, ni el impecable diseño de H. Kramer.

A todos ellos, les damos las gracias por encarnar este proyecto colectivo, y a todos ustedes, lectores, un GRACIAS especial por acompañarnos una vez más y por soñar junto a nosotras.

Pero antes de comenzar con la lectura, debemos advertirles que si están esperando un calco de H. P. Lovecraft en estas hojas, vayan a por un libro suyo.

Esta antología no es una réplica de su literatura, sino un homenaje al género que Lovecraft ha creado y al ominoso mundo despertado en nuestras mentes, relatado con la voz propia de cada autor.

"Algún día se abrirán vistas terroríficas de la realidad, así como nuestra espantosa posición en ella", profetiza H.P. Lovecraft en *La llamada de Cthulhu*. El día ha llegado. Ahora sí, le damos la bienvenida al siniestro nuevo mundo.

Las editoras

Fernando Villaseñor Ulloa

LA SIGUIENTE PÁGINA

LA SIGUIENTE PÁGINA

Por Fernando Villaseñor Ulloa

Antes de iniciar su jornada, los bibliotecarios se colocaban cuidadosamente los guantes y el tapaboca. Cuando se juzgaba necesario, aparecían el casco, el chaleco blindado y los lentes oscuros, para completar el atuendo.

No hace muchos años, aquel trabajo era considerado "menos peligroso", por lo que la mayoría de los puestos eran cubiertos por solteronas de edad avanzada. Sin embargo, a la par de la evolución de la sociedad, apareció una forma distinta de hacer el mal.

Cuando los gobiernos tomaron la decisión de hacer desaparecer *internet* y los archivos electrónicos por considerarlos peligrosos, todos pensaron que se trataba de una de las tantas bromas que circulaban por el ciberespacio. Sin embargo, uno a uno, los países que conformaban el nuevo mundo aplicaron el protocolo de seguridad establecido desde Naciones Unidas.

Se nos dijo que grupos radicales introdujeron cepas de enfermedades mortales en la red de redes; estas salían al paso de cualquiera con un equipo de cómputo a su alcance. Como era de esperarse, la sociedad estuvo en contra y, desde cada rincón del planeta, se proyectaron diversas soluciones, desde la cacería de los culpables y su ejecución pública, hasta el aislamiento del mundo.

Se supo entonces —gracias a la participación de algunos infiltrados en las esferas del poder— que las enfermedades no eran de creación terrestre sino que provenían de un pequeño artefacto encontrado en Marte por una sonda exploradora, que lo transportó hasta la Tierra y lo puso en manos de los científicos de su gobierno.

Por aquel entonces, el mundo estaba pendiente de cada paso al que era sometida aquella incierta creación de una civilización lejana. Para quienes tenían a su alcance la tecnología pertinente, se desarrolló una "aplicación" informática que mostraba, desde la comodidad del hogar y "en tiempo real", las sesiones del tratamiento científico.

Lo que nadie sabía era que la aplicación resultó ser el puente que la tecnología extraterrestre estaba esperando para hacer llegar un presente a los humanos: la cepa.

La cepa —combinación entre virus informático y biológico— actuaba por medio de un impulso eléctrico que, a través de una pequeña descarga, llegaba desde el teclado o la pantalla hasta las manos de la víctima. Ya instalada en el cuerpo, ocasionaba horribles espasmos atribuidos a paros cardíacos.

En un par de días, aquella monstruosidad destruyó comunidades enteras. Las más importantes universidades del mundo se convirtieron, de la noche a la mañana, en cementerios gigantescos; solo unos pocos tuvieron la fortuna de salir con vida.

Con algo de suerte para nuestra especie, un grupo de científicos localizó con rapidez la razón de aquella desolación y optó por cerrarle los caminos. Así, buena parte de la información mundial que descansaba en forma de impulso eléctrico, debió sacrificarse, por el bien de nuestra especie.

Las oxidadas bibliotecas tomaron otra vez el brío de siglos y de décadas pasadas, y los estudiosos y académicos volvieron sus ojos a los libros impresos. Pero, siguiendo el ejemplo del mal traído del espacio, algunos fanáticos religiosos buscaron la forma de someter a la población a una segunda Edad Media, donde el conocimiento fuera una vez alejado de los hombres, impulsando incluso al abandono de las escuelas y a la prohibición de la lectura entre los niños.

Para lograr semejante cosa, en nombre del dios en turno, se donaron a los centros de información libros explosivos o contaminados con ántrax, ébola y otros males igualmente mortales.

Leer, para muchos, se convirtió en sinónimo de muerte.

Los bibliotecarios, entonces, tuvieron que desarrollar habilidades detectivescas y capacidades antiterroristas para escrutar los libros de sus acervos y así salir con vida.

Famoso fue el caso de Agastya, bibliotecario de la India que perdió ambos brazos al abrir un hermoso ejemplar de pasta dura que contenía una bomba y quien, después de una convalecencia de seis meses, regresó con gusto a su trabajo para continuar su labor utilizando los pies.

El conocimiento debía de pasar a la siguiente generación, página por página, pero antes, hombres y mujeres valientes allanaron el camino.

Nunca se supo cuál fue el final del aparato traído del planeta rojo. Solo es posible especular que se lo guarda en algún lugar alejado de la humanidad.

De esta manera, la cultura de lo impreso fue rescatada desde el espacio, hallando una nueva forma de hacer del conocimiento algo "menos peligroso".

En el presente libro, hemos recopilado distintos testimonios rescatados por nosotros, los bibliotecarios, y que anuncian, sin quererlo, el principio del fin.

Pero antes de comenzar la lectura, les sugiero colocarse cuidadosamente los guantes, el tapaboca, el casco, el chaleco blindado y los lentes oscuros, por si acaso.

Jorge E. Lacuadra

MORDIDAS

MORDIDAS

Por Jorge E. Lacuadra

Mi hermanito tiene hambre. Nos revolvemos sin poder dormir en el sopor de la noche calurosa. Yo también siento las puntadas en el estómago y esa sensación de mareo que trepa por la garganta apretada. No es hambre de pescado frito o de pan con chicharrones, es otro, más insoportable y urgente. Viene como de lejos. Me levanto afiebrado, en la pieza de al lado mis viejos duermen, aunque esta noche también hay silencio. Un camión pasa por la avenida y la casa precaria tiembla. Mi hermanito me toma fuerte de la mano, está doblado, los ojos dilatados, bebiendo la escasa luz que ingresa por la ventana. Los dientes le castañetean y lanzan al aire pequeñas mordidas de desesperación. Le hago señas para que me siga.

Sin hacer ruido, salimos por el caminito hacia el río; las canoas están atadas al barranco desnudo. La bajante acrecienta las distancias hasta las aguas mansas, que a la luz de la luna parecen aceite oscuro. El Yoni gime cuando ve acercarse a los perros, pero estos ya nos conocen y solo dan muestras de alegría. Seguimos los bordes de las sombras; las dragas en dique seco despiden olor a barro, a pescado y a óxido. Pisamos con cuidado, siempre hay por allí alguna púa de moncholo o de armado, y son muy dolorosas. Busco un bote chico y también me doy cuenta de que falta la vieja "Aurora", la de la familia; elijo entonces la "Panchita".

Empujamos despacio la canoa hasta el agua y nos embarcamos, dejándonos caer adentro.

Observo por un momento cómo se columpia el camalotal mientras el oleaje se serena alrededor de la canoa. La "Panchita" es gaucha, pero las largas jornadas de sol la han resecado y toda su borda está resquebrajada. Aun así, es buena marinera y no me da problemas. La corta carrera desde el Varadero Sarsotti, entre las furtivas sombras de la noche, servirá para que se hinche y deje de crujir. Llevo un solo remo, suficiente, ya que la bajante es fuerte y no quiero chocarme contra los bancos de arena ni con los restos de los naufragios. Bogo despacio a favor de la corriente. La zona es un cementerio de viejos chapones hundidos, peligrosos si no se conoce el camino.

Me llamo Adrián Marzo, tengo quince años, crecí en estas orillas barrosas, arrimadas a la Avenida Circunvalación. Mis viejos trabajan en el Varadero. Mi viejo, en las dragas y mi vieja, cocinándoles a estos marineros de agua dulce. Toda nuestra vida gira en torno al río. Me contaron que mi bisabuelo vino del norte, de un lugar gringo que llamaba "Eses", ya que nunca habló una palabra de nuestra lengua y que luego, en la escuela, la maestra me dijo que podía ser Essex. Llegó con su propio barco, un bergantín ruinoso llamado Columbia o algo así, y junto con sus hombres se ofreció a dragar las bocas del riacho Santa Fe y los canales de las islas.

El Yoni va a cumplir cinco años, la misma edad que tenía yo cuando descubrí el "hambre". Poco recuerdo de esa noche, salvo el olor a pescado que lo invade todo a mi alrededor y la visión febril de una forma de pesadilla. Mi viejo dijo que era por los dientes y por las fiebres. Mi vieja, devota de la virgen de Guadalupe, siempre se persigna, y yo sé que ciertas noches, llora. Su familia vive cerca, en el Centenario Viejo, pero no la visitan nunca. Dicen que se ha apartado de la familia y también de la iglesia al unirse a estos hombres del río. Ni el Yoni ni yo estamos bautizados.

Nos abrimos hacia la izquierda, por el riacho, en plena oscuridad, para pasar por debajo del primer arco del puente. Por encima de nosotros cruzan luces fantasmales y ruidosas. La luna aún no ha asomado sobre Santo Tomé. Superado el puente, nos internamos de nuevo en las sombras por un largo trecho. El remo comienza a pesarme y la espalda, a quemarme, como si alguien me estuviera clavando unas agujas calientes. No puedo ver al Yoni, pero noto, contra mi pierna, cómo tiembla, y escucho que le castañetean los dientes. No falta mucho para El Vado.

No sé por qué en este momento mis pensamientos vuelan hacia mi vieja. Si se entera de que me llevé al Yoni me mata. Pero también sé que le tiene miedo a la mirada de mi viejo. Ella tiene una mesita aparte con unas velas y las imágenes de la Virgen y el Sagrado Corazón, a las que cuida y les reza muchísimo todas las noches. Mi viejo pasa frente a ella con desprecio. Nosotros, los chicos tenemos prohibido tocar esas imágenes.

Llegamos a El Vado. A lo lejos asoman las luces anaranjadas de Santa Fe como un espejismo y el viejo esqueleto del puente ferroviario. Dejo que la canoa se deslice en la corriente sumisa. Llegamos a un remanso en la parte más ancha del río. Nos detenemos y es como si se detuviera el mundo. Cesan de pronto los ruidos entre los mimbres de las orillas cercanas. Y las náuseas que se renuevan y el estómago que parece retorcerse como un puño. Recojo el remo y lo dejo caer cerca del Yoni, que tirita sin control.

Debajo de nosotros, las aguas parecen levantarse, como si nos hubiéramos posado sobre una gran burbuja. Algo se desplaza bajo el agua. La canoa corcovea sobre el lomo de una inmensa ola aceitosa.

De pronto lo veo, miento, lo presiento antes de verlo, porque el oleaje lo anuncia. Rompe la superficie de las aguas y emerge no muy lejos del bote. Todo alrededor se ha llenado de peces muertos, hinchados, y de algunos bichos cuyas formas no alcanzo a distinguir bien. El hedor nauseabundo nos envuelve. La "Panchita" se sacude sobre esas olas putrefactas mientras cae sobre nosotros una lluvia ominosa de agua y de barro. El ser es enorme y continúa emergiendo. Alcanzo a ver una cabeza imposible, como la de un gran bagre bigotudo, con los ojos saltones y los labios muy gruesos. El cuello robusto y lustroso se funde con el cuerpo y distingo unos brazos poderosos con la piel oscura, llena de escamas.

Mira a su alrededor y nos ve, o parece vernos, seguramente solo alcanza a olfatearnos. Balancea la cabeza y comienza un cántico acompasado de gritos agudos y gorgoteos. Terminado el canto, retorna a las profundidades en medio de un sonoro y manso chapoteo. Vuelvo a sentir el "hambre".

Veo a los otros, no estamos solos; cuatro o cinco canoas se mecen sobre el oleaje en el recodo de El Vado. Miles de peces muertos nos rodean. A lo lejos parpadean las luces de la ciudad de Santo Tomé. Nos miramos con los ojos brillantes en la bruma, entre el negro camalotal. El Yoni entiende; saca la mano por la borda y agarra un pez del montón. Lo sigo. Mordemos con fuerza los espinazos de los sábalos. Esta carne dulce y barrosa, a la que nos hemos acostumbrado, también es un don. El dios no nos ha olvidado. En la cercanía reconozco la silueta de mi viejo, acodado sobre la "Aurora", entre las mordidas y los gruñidos de satisfacción. La luna asoma sobre el Puente Carretero y nos regala su rostro ancestral.

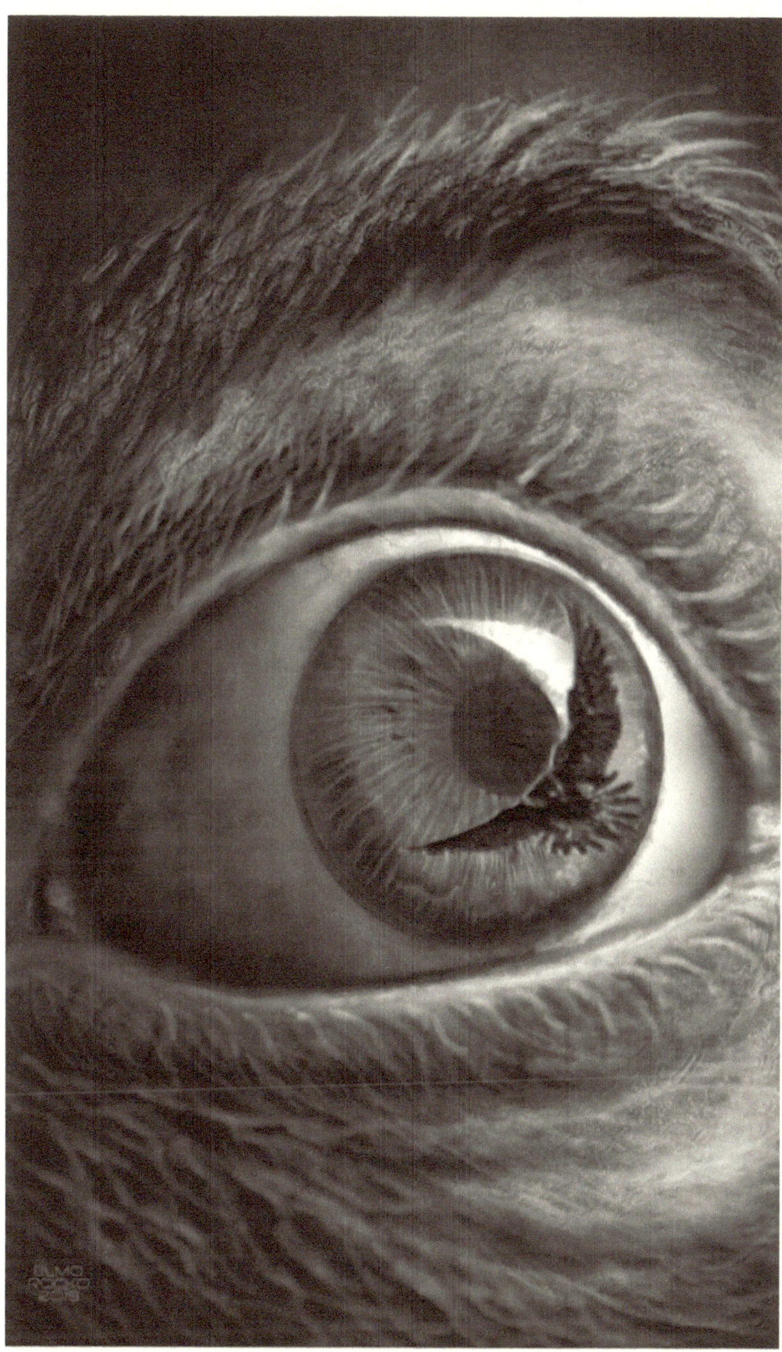

Mariela Pappas

ORNITOFOBIA

ORNITOFOBIA

Por Mariela Pappas

Es triste que el único refugio que alguna vez tuve en mi vida se haya convertido en mi perdición. Siempre fui una persona simple, sin deseo de sobresalir. Me conformé con el pequeño e insignificante papel que los dioses me otorgaron en este mundo. Sin embargo, y casi de manera accidental, de niño descubrí que poseía una condición peculiar.

En mi dormitorio había una ventana, la que observaba cada noche hasta conciliar el sueño. De forma instintiva, una vez me levanté de mi cama y salté por esa ventana, solo para descubrir que podía volar. Me elevaba muy alto, hacia extraños mundos nuevos; sin embargo, mi cuerpo seguía durmiendo en mi cama.

Esta habilidad se convirtió en el bálsamo para mi gris existencia adulta. De día, no era más que un simple empleado público. Todas las mañanas tomaba el tren para volver por la tarde a un hogar vacío. Mi vida carecía de esa ilusión de significado que la familia o amigos proveían; aún así, la fuente de mi felicidad no se agotaba nunca, pues era ajena al universo que conocemos.

Por las noches mi cuerpo físico yacía en mi cama con placidez, mientras yo vagaba por mundos inhóspitos por la limitada mente humana. Allí era el capitán de mi barco y, a bordo, exploraba reinos donde la geometría humana perdía todo sentido. La gravedad no era más que un chiste en algunos lares; inmensas estructuras de cristal luminoso se imponían sobre mi vista ante el eterno y oscuro cielo nocturno. Otro mundo completamente construido a base de roca y de arena, con extrañas inscripciones en un lenguaje sin sentido, y el espumoso mar eternamente inquieto y rugiente, invitándome a descubrir nuevas tierras.

Hasta que apareció él.

Estaba en la cubierta, contemplando el mar como a una amante, cuando eso vino volando y se posó en la baranda. Era un pájaro monstruoso, sin palabras capaces de contener todo su horrendo ser en ellas. Su cuerpo era mezcla de pelícano y de buitre; sus plumas, con el mismo color carmesí de un cadáver sin piel; su pico, alargado y retorcido en una expresión burlona. Lo peor era su mirada. Encarnada y cruel, contenía lo más repugnante de todos los mundos en ella y expulsaba su ponzoña con la misma facilidad y rapidez, contaminando todo lo que esos ojos miraban. Cuando se posaron en mí, me infectaron con su inmundicia. Y desde ese momento, todo estuvo perdido.

Volví con violencia a nuestro mundo, con el cuerpo dolorido y empapado de sudor frío. Pero lo peor fue esa sensación de terror intenso de la cual fui presa hasta el resto de mis días. Como un animal carroñero regodeándose en la muerte fresca, la visión de ese pájaro monstruoso devoró mi mente por completo. Día y noche sentí esa mirada engulléndome en un abismo de negrura.

En un principio, traté de limitar el itinerario de mis viajes ajustando la brújula a tierras ya conocidas y seguras. Pero la mínima posibilidad de volver a verlo no me permitía gozar como antes. Y como un virus que se expande, ese miedo me obligó a abandonar mis viajes por completo. Con lágrimas en los ojos, abandoné así el único ápice de felicidad que había conocido y me dediqué a una gris rutina; tal vez para lo que fui creado después de todo. Mi vida se vio consumida por mi aburrido empleo e incluso, me ofrecí a trabajar horas extras para acaparar todo mi tiempo. Mi objetivo era llegar a la cama totalmente exhausto, para dormirme profundo y sin sueños. Pronto, y con ayuda de ciertas drogas hipnóticas, suprimí por completo mi habilidad.

Un día, mientras tomaba el tren rumbo al trabajo, miré por la ventanilla y vi una pluma caer desde el cielo. Mientras dibujaba espirales en el aire, mi sangre se congeló, sabiendo que no era la pluma de ningún ave de este mundo. Un profundo terror primario se apoderó de mí mientras mi mente, desesperada, llegó a una conclusión. Así como yo pude atravesar el portal a su mundo, con la misma facilidad, el pájaro monstruoso atravesó el portal al mío.

Con miedo de volver a encontrarlo en la calle, me recluí en mi departamento como un ermitaño. Abandoné mi trabajo y corté los pocos lazos humanos que tenía con el mundo exterior. Cerré de forma permanente las ventanas, impidiendo que la luz entrara. Con carbón y manos temblorosas bosquejé runas protectoras en todas las paredes del departamento. Quemé incienso de manera compulsiva, buscando que esa intoxicante fragancia mantuviera la presencia maligna lejos de mi patética existencia.

Después de días, un demonio mucho más terrenal hizo su presencia: el hambre. Con las pocas fuerzas que me quedaban, arrastré a la cocina el despojo humano en que se había convertido mi cuerpo y logré prepararme una sopa rápida. Pero la penumbra se desplegó cuando mis labios rozaron la cuchara para encontrarse con una fétida pluma. Mi garganta se cerró mientras centenares de plumas invadieron mi departamento por completo. A pesar de que me quedaba poco oxígeno, el terror se apoderó de mí por un motivo distinto: pude ver por el rabillo del ojo que el pájaro monstruoso estaba dentro de mi casa. Sentí el ponzoñoso batir de sus alas en mi nuca. No me aterraba morir, de hecho, la muerte era mucho más piadosa que contemplarlo por un segundo y sumergirme en esa oscuridad tortuosa.

Por designio de los dioses, la solución estaba al alcance de mis dedos. Tomé la cuchara en mi mano y me reí a carcajadas, mientras el sabor a óxido de mi propia sangre resbalaba hasta mi boca. Después de todo, no necesitaba mis ojos a donde estaba yendo. Con una buena brújula bastaba.

Milagros Sánchez Girard

BRUMA

BRUMA

Por Milagros Sánchez Girard

El padre Christopher siempre fue muy avezado al cristianismo, de joven fue un sacerdote tercermundista abocado a los sectores más vulnerables, la edad lo volvió a él más vulnerable. A sus 45 años, era incapaz de transitar los pesares para acompañar, mejorar y dar fe a esos pueblos desvaídos, perdidos del rebaño, acongojados por su humanidad.

Dicen en los círculos más selectos de la comunidad eclesiástica que, después de su último viaje a los bosques brasileños, no volvió a ser el mismo. Allí residían tribus originarias a las que quería alcanzar con la palabra de Dios, *nuestro* Dios, el *único* dios legítimo. Pero esa es otra historia.

Permítanme que les cuente otra, la que vino después y dio lugar a la terrible secuencia de sucesos por la que hoy estamos de duelo nacional. Sépanme disculpar la torpeza del relato sucinto y escueto acerca del recuerdo del reciente desenlace que se llevó a mi más querido amigo.

El horror que todavía me penetra en el cuerpo.

Desde su llegada de Brasil, seis meses atrás, los cambios en su comportamiento eran sumamente notorios. Con argumentos de distintas disciplinas y el cariño de sus feligreses, fue excusado por el tiempo que había pasado inmerso en costumbres ajenas a las propias. Se volvió obsesivo y nervioso; podía notársele incómodo en presencia de otras personas. Siempre se lo escuchaba murmurar y hasta su anatomía parecía urgida por huir de una constante pesadilla sin fin, que todos desconocíamos.

Ante mi preocupación, insistí en vivir un tiempo con él, entender sus síntomas y así poder aconsejarle, con precisión, qué tipo de profesional podría ayudarle a afrontar semejante crisis nerviosa. Se negó rotundamente; no quería que le viera en su más profundo estado de desesperación y temía que, también yo, cayera presa del mismo terror.

Pero finalmente sucumbió ante mí, llorando, como nunca lo había visto. Dijo que, si prometía mantener una distancia prudencial, podría quedarme en su casa y entonces, quizá, ayudarlo. Aunque ciertamente, ni él ni yo lo creímos posible.

En un amanecer lo escuché murmurar. Entre sueños, con el rostro pusilánime y la voz temblorosa, repetía:

—El portal arbórico... Dios, Dios ominoso...

Mi preocupación llegó a su apogeo cuando gritó, estremeciéndose:

—No, no eso. Por favor. Dios. ¡ESO NO!

Podría jurar que los matices de su piel lechosa dejaron entrever una oscuridad penetrante jamás vista. Quise despertarlo y así erradicar la pesadilla, pero antes de siquiera poder acercarme, su mano se aferró a mi abrazo y apretó con fuerza, como una garra. Creyendo, con desesperación, que iba a colarse en mí esa negrura, el horror tangible y agónico me paralizó.

No sé cómo llegué a mi cama.

Creo que yo también empecé a comportarme de manera extraña. Tras ese suceso, decidí que necesitaba estar más atento y comprometido con la observación.

Ha sido un enorme error no actuar en cuanto me liberé. Cómo lo lamento hoy.

Aquel domingo, el grupo juvenil de feligreses llegó a la iglesia local para preparar el banquete. Sería una ocasión especial para agradecerle al padre Christopher por sus buenas enseñanzas y para ayudarlo a recuperarse de sus malestares emocionales con la fe de Dios.

El padre aguardaba entre el tumulto con una sonrisa congelada, distante y siniestra, ajena a sus facciones cotidianas. La tensión entre los presentes crecía y crecía...

La pequeña Teressa O' Hara —a quien el padre Christopher apadrinaba— corrió hacia él, pero se detuvo a unos metros.

Lo miraba sin reconocerlo.

Cortando las distancias, el sacerdote le dio un regalo, como solía hacerlo, y ella lo recibió, temerosa. Era una bonita y pequeña caja ovalada, forrada en seda blanca; en la tapa, varias perlas delineaban el contorno. Los ojos de Teressa brillaron.

Todos observamos, expectantes, la actitud entre dubitativa y temerosa de la niña.

Entonces, abrió la caja y una espesa bruma negra se deslizó desde el interior. Christopher instó a la niña a que quitara la tapa por completo. La bruma se extendió aún más y quienes fueron tocados por esta cayeron de rodillas, con los ojos ennegrecidos y con el rostro derritiéndose en un líquido negro, espeso.

—¡Ominoso! ¡Dios ominoso! ¡Este es el pago! ¡La ofrenda del pueblo Teki! —Christopher bramó una carcajada desgarradora.

Horrorizado, eché a correr.

Temí al observar, en un último vistazo, cómo
Christopher se fundía y se convertía en la misma
bruma negra que no descansaría hasta derretirme
también a mí.

ELMO
ROCKO
2018

Federico Sartori

LOS GATOS
DEL SEÑOR LORIS

LOS GATOS
DEL SEÑOR LORIS

Por Federico Sartori

Sabía de la existencia de aquella casa porque había pasado enfrente de ella algunas veces, cuando el trabajo me requería visitar la zona. Siempre me había parecido que estaba abandonada. No, no abandonada: muerta. Los macilentos pastizales amarillos del jardín delantero, más altos que la cerca de entrada, la fachada descascarándose, una de las persianas caída sobre un lado y con varias maderas faltantes... Era como si la casa fuera un cuerpo en proceso de descomposición y nada hacía sospechar que hubiera albergado vida alguna vez, menos aún, que alguien viviera allí en ese momento. Que fuera la única casa de la manzana, ubicada sobre un terreno baldío, no hacía más que acentuar el sentimiento.

Por eso me sorprendí cuando los vecinos se reunieron en la comisaría para reclamar a viva voz que interviniéramos de manera urgente:

—Va a derrumbarse en cualquier momento y alguien puede salir herido —reclamaba uno, pero lo cierto es que nadie se acercaba por allí desde hacía un tiempo, ni siquiera algún rebelde adolescente.

—Es un caldo de cultivo para vaya uno a saber qué enfermedades —se quejaba otro, conocido hipocondríaco y *habitué* del centro de salud local.

—El viejo Loris debe estar muerto desde hace mucho allí adentro —señaló el abogado y agente inmobiliario Verding, trazando planes mentalmente de cómo apoderarse de aquella esquina y convertirla en un local rentable.

—Lo peor de todo son los gatos —señaló alguien desde atrás y un murmullo unánime de asentimiento y de pesadumbre recorrió la pequeña sala como una ráfaga helada.

Miré los determinados rostros de esas personas, cubiertos por una pesada sombra, y supe que no cesarían hasta que se hiciera algo al respecto.

—Gatos —atiné a responder mientras fingía garabatear algo en mi anotador, aún sin dar crédito a lo que estaba escuchando.

Pero era año electoral y las órdenes de arriba eran "complacer a los vecinos en todo lo que fuera necesario para favorecer la imagen de la gestión", por lo que, luego de tomar nota de los reclamos, una pequeña patrulla —entre la que por desgracia me incluía— se dirigió a la apartada casilla de la esquina de Amador y Artesanos.

El clima estaba pesado y enrarecido: se intuía una tormenta que no terminaba de llegar, aunque la lluvia y hasta las chispas de los rayos ya recorrieran el mismísimo aire que respirábamos. Como ningún juez nos hubiera otorgado una orden para ingresar al domicilio por causa de unos gatos, las indicaciones eran simplemente golpear la puerta, hablar con el dueño de casa —si lo hubiera— y volver a los otros problemas —francamente más importantes— que debíamos resolver.

Todo cambió a unos ochenta metros antes de llegar. Un sonido exasperante y sostenido golpeó nuestros oídos a la distancia y fue creciendo en intensidad a medida que nos acercábamos. Había no menos de cincuenta gatos maullando desde el interior de la casa, cada uno con las tonalidades de su propia voz, pero todos unidos en una misma frecuencia infernal que crispaba los nervios e inundaba el aire que nos rodeaba, volviéndose casi palpable. Los gatos maullaban a la vez en un grito que era agonía, agresión y demanda atormentada, y hubiera creído que el efecto de repulsión que me generaban era algo que se debía a mi aversión natural por esos animales si no hubiera visto en el rostro de mis compañeros el mismo gesto de consternación afligida.

Nos quedamos ahí unos cuantos minutos, de pie, frente a la casa, con la boca abierta y la mirada inmóvil, presos de esa cacofonía angustiante que nos paralizaba como el canto de una desagradable sirena. Debíamos dar un espectáculo penoso a la vista: tres hombres uniformados, inmóviles frente a un hogar por el sonido de un animal. Quizá fuera justamente lo ridículo de esa situación lo que hirió mi orgullo y me llevó a salir del trance para avanzar entre los escuálidos y resecos pastos, y finalmente golpear la puerta. Los vecinos dijeron que lo peor eran los gatos, pero ellos no estuvieron allí para lo que siguió después.

Al contacto de mis nudillos contra la puerta, todo maullido cesó y ese silencio fue lo más atroz que debí enfrentar en toda mi carrera. Agradecí que mis compañeros, rezagados a mis espaldas, no pudieran ver cómo me temblaba el labio ni que tampoco supieran cómo sentí mis piernas aflojarse al imaginar que había llegado, sin invitación, a despertar a un antiguo mal de su cautiverio.

El sonido apagado de unos pies arrastrándose provino del interior y me frenó de huir despavorido como un niño. Alguien abrió la puerta, pero lo primero que nos recibió fue el olor: un hedor profundo a animal y a encierro, como si hubiéramos ingresado a la cueva de alguna arcaica bestia.

Atrás vino el señor Loris, que parecía vacío; poco más que piel y huesos. Sus labios, sin el sostén de la dentadura, estaban metidos en su boca. Pero lo más impactante eran sus ojos, hundidos en sus cuencas y carentes de cualquier brillo de vida. Si bien los registros marcaban que el hombre tenía sesenta años, por su aspecto hubiera dicho que no tenía un día menos de noventa y tantos.

—Señor Loris —recuerdo haberle dicho—, ha habido algunas quejas con respecto a... —No llegué a terminar la oración; no me estaba escuchando. Giró su cabeza hacia atrás, mirando por encima de su hombro; parecía confundido—. Sus vecinos están muy molestos... —intenté continuar, pero no hubo caso. El señor Loris se veía muy lejos de allí. Lo examiné de arriba abajo, intuyendo que quizá no estaba en sus cabales y una orden judicial sería necesaria, después de todo, para llevarlo a alguna institución. Fue entonces cuando noté las laceraciones en su piel: pequeñas marcas y heridas que cubrían todo su cuerpo, incluso el rostro. La oscuridad reinante dentro del hogar me impedía asegurarlo con certeza, pero podría haber jurado que se trataba de pequeños mordiscos, como si algo le hubiera arrancado trozos de piel y de carne que luego hubieran cicatrizado incorrectamente—. Señor Loris... ¿Podría venir con nosotros a...?

Fue imposible concluir la pregunta. El infernal coro de maullidos regresó con impronta furiosa, diciendo en su propio e innatural idioma:

—¡FUERA, FUERA, FUERA!

Retrocedimos sin dudarlo. El señor Loris miró por detrás de su hombro y, con una voz cargada de fatalidad, murmuró antes de cerrar la puerta:

—Tengo que irme. Los gatos tienen hambre.

Fue la última vez que alguien vio al señor Loris. Esa misma noche, luego de que la noticia de nuestro fracaso se esparciera, alguien prendió fuego la casa, con él y sus condenados gatos adentro. Y, por mi alma, fuera lo que fuera que había allí, creo que hicieron lo correcto.

Ana Camila Mariotti

ETERNA

ETERNA

Por Ana Camila Mariotti

Viendo la manija algo oxidada y llena de polvo, la tomó de manera que el puño del buzo cubriera su mano. Lo que vería detrás de la puerta jamás lo hubiera imaginado.

Es al día de hoy que, con el recuerdo algo borroso pero vigente, Carla piensa en otra cosa. La experiencia pudo haberle costado arrepentimiento pero lo hecho, hecho estaba y no podía regresar el tiempo atrás.

Aunque las ventanas estaban entablilladas, los filtros de luz le daban suficiente visibilidad a la habitación. Una mezcla de olor a rancio y a humedad le hizo por entonces soltar una tos repentina, seguida de una que otra arcada. Las partículas de polvo suspendidas en el aire formaban una capa bastante densa en la atmósfera. Sin embargo, Carla no tuvo que recorrer el lugar con la mirada.

La silueta permanecía inmóvil en una silla.

A medida que Carla se acercaba para ver bien a eso que estaba allí sentado, su mente trató de encontrarle alguna explicación rápida; al hallarse realmente cerca, sintió entumecerse. El respirar se detuvo un instante y el palpitar de su corazón se incrementó veloz, amenazando salir del pecho por la garganta.

Acto seguido, emergió de su voz un chillido espasmódico, casi inaudible.

El rostro de la anciana, cuyos ojos enormes y blancos apuntaban a la nada misma, era lo que Carla había visto. Aquella figura sentada en la silla, totalmente tiesa, no era más que un cuerpo sin vida.

Algún tratamiento le habían hecho. La piel resquebrajada y casi seca, con más polvo y con algunas telas de araña cerca de las piernas, delataban a un cuerpo embalsamado. En su boca había un papel.

No existía en la mente de Carla la idea de llegar tan lejos. ¿Por qué no había huido de la espantosa escena en ese mismo momento? Tal vez la intriga había terminado por vencer.

Aunque sus pies parecían clavarse al piso a causa del temor, un impulso hizo que su brazo se extendiera. Aterrada, leyó: "Eterna".

Un afiche de gran tamaño colgaba en la pared, a la izquierda del cuerpo embalsamado. La hoja, algo corroída a causa de las polillas, mostraba un tono amarillento por el paso del tiempo. No obstante, se podía distinguir con claridad la esbelta figura femenina. Demás retratos se encontraban en un estante, a la derecha de la silla. Era un exhibidor con fotos de la misma mujer, a edad adulta.

Retratos, fotos de cuerpo entero, casuales, artísticas, publicitarias... Sus rasgos cambiaban con brusquedad en casi todas. Notable era el inicio de estos cambios desde una temprana edad, así como de partes de su cuerpo. Aquella nariz, por ejemplo, no era la misma con el correr de los años...

El caso de Elena Schoenherr estaba resuelto gracias a Carla. Elena había sido una Miss Universo que intentó perdurar su forma física. Todo lo tratado con el taxidermista fue cumplido a rajatabla. Incluso, el papel en la boca, una vez terminado de embalsamarla.

Elena había pedido que así se la colocara, además de las fotos de sus años dorados, en torno a la silla donde se hallaba su cadáver. Pronto la encontrarían, logrando ser la nota principal de diarios y revistas...

Una vez más.

Una connotación relevante halló en Carla proceder a unir el caso de Elena con el último escrito de su mentor.

En Alberto Morales, la criminología abarcaba la mayor parte de su vida. Volcar su conocimiento como profesor en la facultad de Psicología sería el último trecho de una larga carrera. Sin embargo, su afán por desglosar los enigmas más terroríficos terminó por convertirse en una obsesión.

Muchos culpaban a esta actitud de mover cielo y tierra para resolver ciertos casos, lo que le produjo la locura. El cambio en su comportamiento fue abrupto; algunos sostenían que Alberto se había sumergido en uno que logró vencerle el juicio.

A pesar del retiro, sus años como profesor no le dieron la calma que necesitaba.

En la última etapa del hospicio, Alberto dejó un diario que le entretenía escribir en los momentos de mayor lucidez. Luego de varias páginas en blanco, casi a lo último, Carla encontró un párrafo con letra más grande escrito con rasgos furiosos y fuera de los renglones. En él estaba todo el desahogo de una mente desecha por haberse involucrado con los mayores horrores jamás vistos.

Como persona común que te ha tocado ser, no puedes concebir que tu existencia se derive a la nada misma.

El solo hecho de perecer te aterra. Que la felicidad no sea constante sino esporádica, te acongoja.

El peso por cargar esa máscara que pretende demostrar que eres fuerte y que puedes sobrellevarla, solo es una penosa resistencia.

Pero hay personas peores que tú.

Nadie es tan miserable como aquellos que, por no poseer la eternidad, ejercen un poder sobre las demás vidas.

Jamás estarán satisfechos.

Como enormes sanguijuelas que se alimentan de la sangre, les roban el néctar de la vida a sus subordinados, sin otra alternativa más que serlo.

No son dioses pero lo simulan, aparentan, realmente creen serlo. En lo que alcancen a lograr en este plano tratarán de llevarse todo: vidas, dolor, trabajo y sufrimiento ajeno, para obtener poder y así, la memoria en la historia de los hombres.

Pudientes o no, ellos rigen la ley que consiste en que lo negativo es lo que impregna. No quieren caer en el vacío olvido de la muerte para no parecer tan insignificantes como Ella nos hace sentir.

¿Todo por qué?

Les es insoportable la idea de no ser eternos.

La verdadera escoria, el peor estado infame, vil y sucio del ser, son Ellos.

El primer caso de Carla no se trató de un "monstruo" que devoraba a las personas. Se trataba de Elena que buscaba para sí misma y para los demás, la perpetuidad de su existencia, su imagen o lo que quedaba de ella.

Si Elena pertenecía a las personas de las cuales se refería el profesor en sus primeras líneas, Carla también se hallaba entre las mismas.

ELMO
ROCKO
2019

Claudio Díaz

EL TALISMÁN

ahora a un estado de tristeza que lo hacía dudar de su propia capacidad.

La tragedia —aunque algunos observadores, de un modo retorcido, puedan opinar que tuvo un final feliz— comenzó el día en el cual conoció a quien pronto sería el objeto de su amor, una muchachita baja y risueña que lo enloqueció desde el primer momento.

Todo parecía ir maravillosamente bien con el romance, hasta esa fatídica noche en la cual fue presentado formalmente a sus futuros suegros, los cuales decidieron que un artista bohemio, artesano y vendedor callejero, no era un buen partido para su única hija.

El asunto podría haber terminado allí, con un corazón roto y un nuevo pretendiente para la nena, pero a Andrés se le ocurrió salir a dar una vuelta sin rumbo, para despejar un poco su mente y calmar sus sentimientos. Fue entonces cuando aquello lo golpeó en la cabeza.

Se volvió hacia el lugar desde donde suponía que había sido lanzado el objeto y, por más que buscó, no halló persona alguna por los alrededores.

—Es muy raro —pensó. Luego dirigió su mirada hacia el objeto misterioso que lo golpeara. Lo tomó con sus manos y examinó más de cerca. Era un cristal, de eso estaba seguro ya que había trabajado con cristales, pero no se parecía a ninguno que conociera. Tenía una forma octaédrica, aunque varias de sus aristas estaban redondeadas deliberadamente, como si debiera sostenerse en la mano de alguna manera en especial. Se lo guardó en el bolsillo, dejando para luego averiguar qué podría hacer con él.

Tras volver del paseo, cuando su mente se hubo aclarado un poco, decidió que era hora de acabar con unas billeteras de cuero que le habían encargado. Tristeza o no, había que comer de todos modos, aunque no fue capaz de encontrar la cuchilla. Luego de rebuscar por cada sitio que se le ocurrió, recordó el cristal y supuso que podía utilizarlo para cortar tan bien como la perdida cuchilla.

—Espero que con tu ayuda las billeteras estén terminadas pronto —pensó mientras lo acomodaba en su mano.Y estuvo a punto de caer al suelo cuando, sobre la mesa de trabajo, aparecieron de la nada las billeteras que necesitaba, mientras desaparecían los retazos de cuero sin trabajar.

Tras varias pruebas y deseos realizados, a Andrés no le quedó más remedio que aceptar que tenía en su poder un cristal que cumplía los pedidos de quien lo sostuviera en su mano. El cuarto de trabajo estuvo limpio y ordenado con solo enunciarlo; la cena apareció mágicamente sobre la mesa del comedor; la pintura descascarada de las paredes recuperó el aspecto flamante que tuvo años atrás; su ropa sucia estuvo limpia al instante, para luego desaparecer reemplazada por otras nuevas prendas que siempre había querido poseer. Hasta se dio el lujo de hacer aparecer un nuevo equipo de audio de la nada, de la marca que quería, absolutamente auténtico. Los fajos de billetes tampoco fueron un problema, materializándose frente a sus ojos con valija y todo, como lo viera en tantas películas. También comprobó que el cristal concedía solamente deseos literales, por lo cual cuando deseó una *milanesa a caballo*, bueno, eso mismo fue lo que obtuvo en medio de la sala de estar.

Esa noche tardó bastante en irse a dormir, tras haber hecho aparecer y desaparecer todo cuanto se le ocurrió a su mente simple. La humanidad podía estar tranquila, Andrés no tenía espíritu de dictador ni amo, ni envidiaba la riqueza ajena. Acostumbrado a tener un perfil bajo, tan solo quería una vida estable y sin problemas con su chica, y parecía que iba a poder conseguirlo.

Despertó repentinamente a la mañana siguiente, levantándose del sofá en el cual había caído rendido con la ropa puesta. Tomando el cristal en su mano, deseó estar limpio y arreglado, llevar ropas nuevas y, llevando la valija, salió presuroso hacia la casa de su amada.

Fue su suegro quien abrió la puerta, pero antes de que pudiese echarlo a la calle, Andrés le puso la valija en las manos y le dijo:

—Ya puede usted estar tranquilo. A su hija no le faltará nada a mi lado —y entrando a la sala pasó delante de la asombrada madre para detenerse ante la joven diciendo en voz alta, con la mano en el bolsillo—. Ahora podremos estar juntos para siempre, mi amor.

Algunos meses más tarde, después de haber viajado a varios lugares del mundo, adquirido una enorme casa y con fecha de boda fijada, Andrés aceptó decirle a su amada la verdad. Ella había insistido muchas veces sobre el tema, pero él no se animaba a contarle cuál era el origen de su fortuna para no asustarla. Luego pensó que, de resultar de ese modo, todo lo que tenía que hacer era desear que la joven olvidara el asunto y volverían a ser felices como antes.

Extrañamente, la muchacha no solo le creyó, sino que comprobó ella misma los poderes del cristal, cuando él le concedió vestidos, joyas y otros objetos mundanos que aparecieron de la nada frente a sus ojos. Y en un momento de debilidad, Andrés le permitió que tomara el cristal y pidiera aquello que más deseaba en el mundo. Lo que no pudo prever es que, una vez más, el cristal iba a cumplir literalmente su deseo.

—Lo que más quiero... —dijo ella—. Lo que más quiero es que este instante en el cual estamos juntos y felices... dure para siempre.

Gabriel Daraio

LAMIA

LAMIA

Por Gabriel Daraio

—La veo, doctor. Juro por Dios que la veo. Cada vez que despierto y abro los ojos, ahí está, parada, al costado de mi cama, inmóvil. Los ojos negros, enormes, abiertos de par en par; y la mirada fija, clavada en mi alma. Y no pestañea, no se mueve, no respira. Simplemente, me mira.

»Siempre la vi, desde chiquito, desde que tengo uso de razón, y según mis padres, desde antes también. No hubo noche en que no los despertara con un alarido. Terrores nocturnos, sueños lúcidos, docenas de explicaciones y de tratamientos. Lo cierto es que para cuando ellos llegaban y encendían la luz, ella ya no estaba y, a pesar de todo, lo efímero de su presencia jamás logró atenuar lo aterrador de mis visiones al despertar.

»Día a día, grito a grito, pestañeo a pestañeo, de a poco su cara comenzó a completarse en mi memoria como un retrato devenido en rompecabezas: la piel blanca como la cal y el pelo, negro como el carbón, que cae lánguido sobre los hombros enmarcando la cara en un contraste demoníaco. La boca, que siempre permanece cerrada, no genera ningún tipo de tensión sobre las mejillas. Ni una sola arruga bordea sus labios pálidos. Ni una sola expresión. Parece una muñeca de porcelana decorada con tinta china. Y los ojos... los ojos son... profundos... como si no hubiera ojos, como si fueran ventanas a la nada.

»Es así todos los días, doctor. ¡Todos los malditos días desde que nací! Yo sé que no es real, sé que en veinte años nunca me ha hecho nada, pero eso no me evita el terror de verla todos y cada uno de los días de mi vida.

»Sáquemela, doctor. Arránquemela de la cabeza. Por favor se lo pido, ya no lo soporto. Ella me está matando. Tengo miedo de ir a dormir, de despertarme. ¡Tengo miedo de enloquecer! Ya probé de todo: terapia, pastillas, hipnosis, estudios del sueño... ¡electroshocks, doctor! ¡Me derivaron a un especialista para que me fría los sesos! ¿Acaso estoy loco, doctor? Por eso vengo a verlo, necesito una alternativa, ¡cualquiera que no sea la lobotomía eléctrica!

—Tranquilícese —intentó calmarlo el especialista—. El hecho de que usted sea el único que la ve, es el más claro indicio de que ella existe solamente dentro de su cabeza. Ya lo habrá escuchado mil veces, pero el terror que siente proviene de usted mismo, de su propio subconsciente. Es imperativo que logre enfrentarlo, que lo domine. Le voy pedir que antes de dormir esta noche, se tome dos de estas pastillas. Este medicamento, a diferencia de los que ha estado tomando, no lo sedará sino que lo estimulará. De esta manera, cuando abra los ojos mañana por la mañana, evitará el sopor propio del despertar y tendrá todos los sentidos alerta. Y en ese momento, en total control de sus emociones, quiero que la enfrente, que no pestañee, que la mire.

Salimos del consultorio. Afuera llovía. Caminó con paso lento, cabizbajo. Pude notar en su andar, lo ciclópea que le resultaba la tarea que le acababan de encomendar. Estuvo todo el viaje de vuelta enfrascado en sus pensamientos; supuse que seguiría torturándose con aquellas últimas palabras que le había dicho el especialista.

Para cuando llegamos al departamento, él ya estaba decidido, aunque no por eso, lo noté siquiera un poco menos nervioso. Estuvo un rato frente al espejo del baño, repitiendo sin parar y con absoluta convicción: *"¡Tengo que enfrentarla; tengo que mirarla!"*. Finalmente, tragó las pastillas que el especialista le mandó y se desplomó sobre la cama.

Debe de haber soñado algo apacible, ya que no lo vi moverse en toda la noche. Pero el tiempo vuela cuando uno duerme y, de un momento a otro, las agujas del reloj dieron las siete y la alarma empezó a chillar con aullidos tan despiadados como premonitorios.

Propulsado por un resorte farmacológico, se sentó en la cama a la vez que abrió los ojos. Y como todas las mañanas, un escalofrío exquisito lo sacudió con tanta vehemencia que algunos pelos de su cabeza se le erizaron.

—¡Basta! —gritó con la voz quebrada—. ¡Andate! ¡Dejame en paz! ¡No te tengo miedo!

Sorprendente su fuerza de voluntad; logró mantener los ojos abiertos en todo momento.

—¡Andate! —volvió a gritar pero, esta vez, un dejo de histeria comenzaba a sentirse en el temblor de sus palabras—. ¡¿Por qué no te vas?! ¡Andate! ¡¿Cuándo me vas a dejar en paz?! ¡¿Cuándo?!

Era la primera vez que me daba el tiempo suficiente para contestarle. Siempre me supo tentar con migajas de su miedo, pero hoy me ofrecería el festín en su totalidad. Abrí bien grande las fauces y dejé que el infierno rugiera desatado a través de mi boca:

—¡¡¡NUNCA!!!

Y ahí me quedé, deleitándome en ese terror superlativo que le brotaba a borbotones, alimentándome de sus gritos desgarrados, saboreando su desesperación. Y lo miré: pétreo, ahogado en sus propios alaridos. Como siempre hice y como jamás dejaré de hacer: lo miré.

62

ELMO
ROCKO
2019

Claudio De Carlo

LA NUEVA ESTATUA
QUE TRAJERON
AL PARQUE

LA NUEVA ESTATUA QUE TRAJERON AL PARQUE

Por Claudio De Carlo

Don Luis salió a hacer su caminata de todos los días. La disfrutaba. Iban muchos años ya que hacía lo mismo, con frío o con calor, excepto cuando llovía. Ya no estaba para esas aventuras, decía; con el piso mojado era muy riesgoso.

Tomaba las llaves, los anteojos oscuros, el bastón blanco y salía. Conocía de memoria cada parte del recorrido: cerraba la puerta del departamento, caminaba unos pasos hacia la izquierda por el pasillo hasta el ascensor y bajaba. Recordaba cuál era el botón de "planta baja"; todos los botones tenían la indicación en *Braille*, pero a él no le importaba; él no necesitaba eso, sabía lo que hacía. Luego de cuatro metros en línea recta hasta la puerta y de media cuadra hacia la derecha, cruzaba la calle cuando escuchaba que no venía ningún auto y ya estaba en el parque.

A don Luis le gustaba la brisa en su rostro, el aroma a pasto, el sonido de las hojas agitadas por el viento y el canto de los pájaros.

Pero una cosa no le gustaba: la gente. Siempre había personas en el parque; eran ruidosas, por ellas no disfrutaba su caminata diaria con tanta plenitud como quería. Los chicos, sobre todo, le resultaban molestos; corrían de un lado para el otro, le pasaban muy cerca, y don Luis estaba convencido de que un día lo iban a atropellar y lo dejarían tirado en el suelo. Siempre imaginaba los insultos que les iba a propiciar el día que esto sucediera.

Y finalmente, sucedió.

Un grupo de chiquillos pasó corriendo y gritando, uno de ellos golpeó sin querer el bastón blanco y don Luis se sobresaltó y les gritó enojado:

—¡Mocosos insolentes! ¡Malcriados! ¡Atropellar a un ciego! ¡Ahora van a ver!

Y siguió quejándose por lo bajo, hasta que lo notó. Ya no escuchaba el griterío de los chicos ni las conversaciones de los adultos; tampoco el canto de los pájaros ni el sonido de las hojas agitándose en los árboles...

Nada.

Ni siquiera el aire se movía.

—Hola... ¿Hay alguien ahí? —con voz temerosa, movía su cabeza tratando de captar algo.

Pero nadie respondía. No había nadie ni nada.

El temor se apoderó de él y agitó los brazos, en un gesto de desesperación. Estaba seguro de seguir en el parque; sin embargo, había perdido toda referencia y empezaba a sentirse desorientado.

Don Luis caminó con torpeza; le costaba moverse. Sentía las rodillas flojas; respiraba entrecortado. ¿Dónde estaban todos? Justo ahora que necesitaba ayuda, nadie había.

El temor se transformó en miedo al sentir cómo dos manos grandes, ásperas y calientes se apoderaron de él. Quiso soltarse, pero no pudo; lo que aquello fuera, era más fuerte. Las dos manos lo arrastraron con violencia y lo llevaron por lo que parecía ser tierra húmeda y fétida. Trató de hacer pie, pero tampoco pudo; cada vez que estaba a punto de lograrlo, lo arrastraban un tanto más. El aire que respiraba le hizo sentir náuseas; parecía aliento de muerte.

De repente, el salvaje movimiento se detuvo y don Luis se encontró de pie. Quiso tantear el suelo con el bastón blanco, pero le fue imposible. No lograba mover ni el brazo ni la mano ni mucho menos dar un paso o mover su cabeza para orientarse... ¡Nada!

Tan desesperado estaba que le costó notar que otra vez escuchaba a otras personas hablando, a los chicos jugando, a los pájaros cantando. Trató de abrir la boca para pedir ayuda... ¡y tampoco pudo!

Pero sí escuchaba.

Todo.

La desesperación se transformó en terror cuando oyó a un chico comentar:

—Mamá, ¿viste que la estatua nueva que trajeron al parque se parece a don Luis?

Agnes Vidal

EL REINADO ROJO

EL REINADO ROJO

Por Agnes Vidal

Tocaron febrilmente a su puerta.

Era un día de primavera, la lluvia golpeaba con violencia contra las ventanas y los curiosos colmaban la esquina. Clara sonreía con delicadeza, observando tranquila su propio cadáver, desnudo en la bañera. Hermoso, perfecto, rodeado por un mar de aguas rojas... Estaba muerta.

Podía saberlo por aquella extraña sensación en sus muñecas.

Aburrida, por alguna razón le surgió mirar otra vez sus manos. Estaban hinchadas y le dolía muchísimo la herida. Aún no se detenía la hemorragia; tenía todo el brazo bañado en un brillante color escarlata. De cualquier manera, no importaba. El agua aún estaba tibia...

La muerte había sido muy distinta de lo que había imaginado. No venían a ella imágenes claras de su vida, sino únicamente siluetas confusas que no parecían pertenecer a entes humanos. Rituales ocultos por la luz de la luna, amuletos de plata perdidos en el espacio... Lo que sí ponía a prueba sus nervios, lo que torturaba a su alma, era aquel aroma dulce y embriagante de los jazmines —dispuestos en el florero de vidrio de la mesa del *living*—, que se mezclaba con el hedor de quienes se apilaban en la entrada de la casa intentando "salvarla" de su "mente delirante". Pero ya era tarde.

Estaba muerta. Y la bañera, rebalsada.

En un parpadeo, recordó a su hermana, la que una vez fue una pequeña de rizos cobrizos. Recordó su perfume y el celeste de esos ojos que aparentaban pureza. Le pareció —incluso— escuchar su melódica voz cantando cada mañana y maldijo al destino por habérsela llevado.

Quizás ahora se verían de nuevo.

Clara gritó con todas sus fuerzas. El recuerdo de su melliza siempre la alteraba. Los intrusos, mientras tanto, intentaban derribar la puerta de madera. Podía oír los golpes secos del hacha que se entremezclaban —como si fuera posible— con el sonido de los tambores, proveniente de la densa oscuridad.

Una lágrima cruzó su rostro; el dolor la carcomía por dentro. Sin embargo, sintió la necesidad de mirarse al espejo... Observó durante un breve instante y luego, se alejó horrorizada. Lo que había visto no era la persona que yacía en la bañera... Con las manos trémulas, se tocó la cara, pero abandonó la tarea cuando las púas rasgaron su ya lastimada muñeca.

La puerta ya estaba destrozada y los intrusos vinieron por ella. Entre ellos y, como una reina, su hermana, esa de facciones perfectas que ahora lideraba a los seres deformes de fuego que sujetaron el brazo de Clara con violencia. Sus rostros abigarrados eran idénticos al que tenía ella ahora, llenos de vértices afilados, horribles, como ninguna otra cosa en este mundo terrestre.

El resonar infinito de los tambores se volvió insoportable. Su hermana reía y todo se volvió rojo.

El perfume la obligó a despertarse. Estaba en un altar de mármol banco; sus manos, atadas. Los rizos de su melliza ardían en frente suyo con la luz de las antorchas encendidas en su honor. Las rosas rojas la cubrían, para decorar con sus pétalos el sacrificio.

ELMO
ROCKO
2019

Leonor Ñañez

LEOPOLDO

LEOPOLDO

Por Leonor Ñañez

Hacía cerca de un cuarto de hora que no se movía de allí. Leopoldo torcía el cuello, inclinaba la cabeza, primero a un lado y después al otro. Su hemisferio derecho bullía tratando de diferenciar si lo que estaba mirando era una pintura al óleo o una imagen real. La dama retratada poseía una delicada belleza y, a pesar de ello, sus ojos eran algo siniestros. Según la escueta explicación debajo, había sido una prostituta de principios del 1900 en Nueva York. Ahora que lo pensaba, podía ser una foto; el cabello recogido en un rodete despeinado, como si recién se hubiese levantado de la cama, los aretes de pequeñas perlas que tensaban los lóbulos de sus orejas, los labios carnosos apenas separados para mostrar una perfecta hilera de dientes, los pómulos sobresalientes que delataban orgullo, hambre y pobreza... Y esos endiablados ojos penetrando el vidrio que contenía su cabeza y el insinuante busto, que miraban fijo al espectador, lo seguían con un sutil movimiento. Ojos de gato, de diosa, de bruja, de amante. Claros como el agua, oscuros como los clientes que le pagaban por un amor de a ratos, de satén y de lágrimas.

Sí, era una foto, concluyó.

Leopoldo supo que era tarde por la poca cantidad de gente en la muestra y por las sombras que se proyectaban tenues sobre una creciente oscuridad. Se dio vuelta y se topó otra vez con el cuadro.

O eso fue lo que pensó en un principio, ya que el rostro que lo miraba, como si hubiesen intercambiado lugares, era el mismo de la prostituta.

«¡Es ella!», pensó de repente. No terminó de formar la idea que la aceptó sin más.

La chica era alta; vestía a la moda de este siglo, pero era evidente que él había descubierto el secreto. Ese retrato era un fraude, un montaje en tonos sepias que semejaba a una antigüedad, una espontánea de otra época. Todo era falso; la modelo, la ropa, los pendientes, la profesión... Y, sin embargo, los ojos seguían siendo dos soles atrapados en un par de ópalos. Ella le sonrió como pidiendo disculpas. Claro, le estaba rogando que no estropeara la muestra, la estafa, la burla. Era la misma del retrato, una chica local, ¡qué *yankee* ni dama de principios del siglo pasado! Y pensar que casi cae en el engaño. Leopoldo hizo un ademán imperceptible con la cabeza, casi una reverencia, y con ese gesto selló el trato: guardar silencio. Lo hizo por ella, por su belleza, por sus ojos endiablados. Al fin y al cabo, era un caballero, de esos que ya no se encuentran. Se excusó y buscó la salida.

La noche estaba poblada de estrellas. Apretó el paso para tomar el colectivo de las menos cuarto y menos mal, porque llegó a la parada corriendo. Se trepó al monstruo urbano y, después de pasar la tarjeta, se quedó completa, total y absolutamente helado. Saludó al chofer de la línea 60 con un tímido "buenas noches". Si bien la mandíbula era más ancha y una sombra de barba y bigotes cubrían los lujuriosos labios, la mirada era la misma. Debía admitir que los gestos bruscos, sumados al uniforme de campera azul y camisa celeste, le hacían dudar, empero estaba seguro. Era ella. ¿Cómo había llegado tan deprisa? Miró a su alrededor, buscando la respuesta escurridiza entre los asientos vacíos y el resto de los pasajeros. Se arrebujó en su abrigo largo pero el intento fue inútil; no cesaban los escalofríos. ¿Sería en realidad un hombre? ¿Un hermano? ¿Estaría enfermando?

Bajó una parada antes para despistarla. No quería que supiera dónde vivía. Tal vez buscaba eliminarlo por temor a que divulgara la farsa del cuadro. Caminó deprisa, mirando sus zapatos gastados por sacarle chispas a la vereda. Cada treinta segundos exactos levantaba la vista para asegurarse de que nadie lo seguía. De pronto, vio que una sombra se acercaba por delante, pero suspiró aliviado: solo era una pareja con un coche de bebé volviendo de la plaza. Cuando los tuvo a escasos metros, ahogó un grito. La mujer tenía cabello rojizo, largo y trenzado, pero... ¡Era ella!

A pesar de que su cerebro buscaba razones para calmarlo, supo que lo estaba siguiendo. Era una experta. Seguro se había bajado más adelante, dejando a los pocos pasajeros que quedaban en el colectivo, varados, ajenos al trajín que se traía entre manos. Se había cambiado la ropa, había buscado un cómplice y listo, a esperar al pobre Leopoldo. Lo que seguía siendo un misterio era cómo había hecho para transformar al niño. Si bien el pequeño no pasaba de los dos años, los ojos eran los mismos, un par de agujeros negros, ventanas al infierno del que habían salido.

Leopoldo pensó en pedir auxilio, en llamar a la policía, pero ¿quién le creería? Mientras se detenía frente a las rejas, sacó las llaves del bolsillo, le erró dos veces a la cerradura, puteó a los gritos, entró y se apoyó contra la puerta. Agradeció haberle colocado dos cerrojos más después del último robo. Esperó unos minutos y observó tras las persianas. Cayeron unas gotas, después se largó el diluvio. Posiblemente la tormenta lo había salvado.

Respiró con alivio. Puso la pava para unos mates; necesitaba un descanso. Para pasar el rato, prendió la tele. Dejó la programación en un juego de preguntas, para llenar la casa de ruido. Se sirvió un pedazo de bizcochuelo. Mate va, mate viene y, de repente, el presentador... ¡Era ella! Otra vez, la puta madre. ¿qué carajos estaba pasando? No podía ser y, sin embargo, la misma tipa de la foto pero, esta vez, con traje, pelo enrulado y bigotes. Tiró todo, se quemó la mano y dejó caer el plato de porcelana. Cerró los ojos y se obligó a calmarse. Un baño. Lo que necesitaba era un baño caliente que le sacara de la cabeza a la puta esa que no lo era al final, sino más bien, una loca con miedo de que la denunciara. No podía estar en todos lados. ¿Estaría el fotógrafo confabulado?

Sacó la ropa para cambiarse después de la ducha; camisa, pantalones y un par de medias. Se acostaría vestido por si pasaba algo. Si no, se iba derecho al trabajo. El vapor convirtió el cuartito en un sauna. Cada tanto, de refilón, a las vetas del agua caliente se le antojaban el rostro de su perseguidora. Un manotazo y desaparecían. Se secó con una toalla gruesa y refregó hasta que le quedó la piel roja del esfuerzo. Se la pasó al espejo empañado. ¡Era ella! Del otro lado, le devolvía la mirada la mujer de la foto. Donde esperaba ver sus bigotes y barba canosos había una piel sedosa. La pelada incipiente fue reemplazada por una melena castaña recogida en un rodete. Mientras sacudía la cabeza, la imagen del espejo lo imitaba con los aretes de perlas moviéndose, frenéticos.

Fue hasta la cocina. Abrió un cajón y sacó un cuchillo. Volvió al baño. Se enfrentó al reflejo equivocado, el impropio, el ajeno. Comenzó a tajearse la cara. Las lágrimas de dolor se transformaron en sangre, en coágulos y en jirones de piel y de carne colgantes. Repitió una y otra vez:

—¡Soy ella! Pero no por mucho tiempo.

Natasha Alonso

ENVIDIA

ENVIDIA

Por Natasha Alonso

Levantó los pedazos rotos del piso, los envolvió con papel de diario y los tiró. Después, se fue a desayunar con el novio.

—¿Le tenés miedo a los espejos? —preguntó ella.

—¿Miedo? No. ¿Por qué le iba a tener miedo a los espejos?

—No sé, viste que dicen que son como puertas a otro mundo, que los espíritus pueden pasar, los demonios...

—No, la verdad, es que no creo en esas historias.

—¿Y nunca pensaste que tu reflejo podría sentirse atrapado y querer salir?

—¿Tener vida propia? ¿A eso te referís?

—¡Exacto! Como si tu reflejo te mirara desde el otro lado, desde el vacío del espejo y quisiera salir a vivir. Vivir su vida. ¡O la tuya! Tomar tu lugar.

—No, es demasiado siniestro darle ese poder a un simple reflejo...

—¿Simple reflejo? ¡¿Simple reflejo?! —Sentía cómo la ira aumentaba en su interior—. ¿Acaso te parece que un simple reflejo puede hacer... ESTO?

Lo llevó a la pieza y, con lentitud, abrió el armario para mostrarle cómo su "ella original" colgaba de los ganchos donde antes había estado el espejo.

—¡Ahora soy yo la que va a tener una vida!

La miró horrorizado, sin poder creer lo que veía.

—No te molestes —dijo y le sonrió—. Nadie te va a creer.

ENFERMO

Por Nicolás Lasaigües

Carlos era deportista o, al menos, lo deportista que podía llegar a ser alguien que trabaja detrás de un escritorio. Pero para la clase de oficio que tenía, él salía a correr bastante. Además, los viernes jugaba con sus amigos al fútbol y, hasta hacía poco, iba al gimnasio del barrio. A decir verdad, no eran pocas las miradas que robaba: un hombre soltero cerca de los treinta años y en buen estado, era codiciado por ambos sexos.

Un viernes, faltó al partido semanal con sus amigos sin avisar. A ellos les pareció extraño, pero no le dieron mayor importancia y acomodaron los equipos para jugar. El lunes siguiente faltó al trabajo sin previo aviso y Recursos Humanos mandó —como solía hacer— un médico a su domicilio. El clínico estaba a punto de irse después de tocar el timbre varias veces, cuando Carlos abrió la puerta.

—Buenos días, soy el doctor González —se presentó, intentando descubrir entre las sombras al dueño de la casa.

Pero el paciente no le respondió; tan solo se corrió y lo dejó pasar. Cuando el doctor González estuvo adentro y sus ojos se acostumbraron a la poca luz, descubrió que el lugar era un desastre: basura por todos lados, ropa sucia tirada por encima de los muebles y un olor nauseabundo que inundaba el lugar. Pero lo que más perturbó al médico fue el estado de Carlos: el hombre estaba muy ojeroso, casi blanco, encorvado y con una pequeña joroba a la altura de los omóplatos.

Le tomó la temperatura y la presión. La primera dio bien, pero la presión estaba muy baja. Le recetó unas vitaminas y que saliera un poco de la casa (intentó no hacer mención al estado en el que vivía). Aliviado, el médico salió de ese lugar lo más rápido que pudo.

Pasaron dos semanas sin que se supiera nada de Carlos. Preocupados, algunos de sus compañeros se juntaron y fueron a Recursos Humanos a pedir la dirección del desaparecido. En un principio, RRHH no quería darles información por considerarla personal, pero la pobre empleada del sector se vio doblegada por la pequeña muchedumbre y, luego de un rato, cedió ante el pedido.

Al día siguiente, la pequeña caravana se encaminó hacia el domicilio de Carlos. Golpearon la puerta varias veces, hasta que escucharon ruidos adentro. El hombre que abrió no se parecía en nada al recuerdo que tenían de su compañero. La persona que estaba en el umbral era muy pálida, encorvada de una forma grotesca con los hombros casi a la altura del estómago y una gigante y horrible joroba que se alzaba a la mitad de la espalda.

Carlos reconoció a más de uno en forma instantánea. Intentó sonreír sin lograrlo y, con un gesto, los invitó a pasar. El lugar era como una gran bolsa de residuos: comida podrida dejada sobre la mesa donde las cucarachas disfrutaban a lo grande, ropa sucia tirada por el piso bajo una nube de moscas zumbando y varias asquerosidades más que nadie supo cómo catalogar.

Carlos se mostraba animado, como si fuera un niño recibiendo amigos. Sin previo aviso, su emoción fue interrumpida por una serie de convulsiones y comenzó a sacudirse con violencia, echando espuma por la boca. Cuando su cuerpo cayó finalmente al piso, ya no respiraba. Carlos tenía los ojos blancos y clavados en un punto lejano, mientras su renegrida y viscosa lengua se dejaba ver afuera de la boca.

A pesar del horror de la situación, Miguel, uno de sus compañeros, se acercó con lentitud al cuerpo inmóvil y estiró la mano para tomarle el pulso. Cuando sus dedos estaban a tan solo unos centímetros del muerto, notó que la joroba se movió con rapidez.Miguel saltó hacia atrás, presa del terror.

—¿Alguno vio eso?

—La joroba... está viva —tartamudeó alguien desde atrás.

En efecto, la joroba de Carlos se sacudió y, muy despacio, se arrastró un poco hacia arriba y un poco hacia abajo de la espalda.

Uno del grupo no pudo aguantar y vomitó. De repente, la joroba se quedó quieta. Nadie entre los visitantes respiraba, aunque tampoco podían despegar la vista del cadáver. La remera de Carlos se abrió por la espalda, desde el cuello hasta la cintura. La rasgó un dedo en extremo fino y cubierto de horribles pelos negros, que salió muy despacio, dejando al descubierto que era muy largo, casi de un metro hasta donde se podía ver. Uno del grupo logró salir de su estupor y, en forma muy lenta, caminó hacia la puerta sin dejar de mirar aquella abominación. Cuando una segunda falange se asomó, su horror fue tal que giró y corrió hacia la salida. Cuando otros lo imitaron, eran ya cinco los dedos negros que habían aparecido. Estaban a punto de cruzar la puerta, pero un golpe seco los detuvo. Se volvieron a mirar y observaron que Miguel estaba parado en una posición extraña y sus ojos, ahora completamente blancos, miraban al vacío. En su pecho, una horrible araña se acomodaba aferrándose con fuerza.

La ahora espalda desnuda de Carlos mostraba las vértebras de la columna expuestas y toda la piel alrededor era de un color rosado blancuzco.

El hombre que estaba más cerca de la puerta le gritó a sus compañeros que huyeran, cuando otra araña que caminaba por el techo lo aferró por la cabeza. Una mujer comenzó a gritar desesperada sin darse cuenta de que más bestias habían aparecido en la sala.

El hombre que cayó en la entrada se puso de pie, se asomó a la vereda y miró con sus ojos blancos hacia ambos lados de la calle. Luego, medio encorvado, cerró la puerta. En la casa ya no se escuchaban más gritos.

Maximiliano Petazzi

LA OFRENDA

LA OFRENDA

Por Maximiliano Petazzi

Lara no sabía que su rutinaria vida daría un giro tan drástico. Siempre tomaba el mismo subte para llegar al trabajo y luego, para volver a su hogar. Le gustaba viajar sola y pensar en cosas mundanas, lo cual la llevaba a distraerse con facilidad. No le gustaba conversar. Siempre buscaba pasar desapercibida.

Pero aquel día, el universo conspiró para que ella fuese el centro de atención.

Estaba a mitad de camino a su casa, el subte se encontraba lleno como de costumbre, cuando descubrió a un hombre vestido de negro que la observaba. A Lara le molestó, si bien solía lidiar con acosadores, la mirada de aquel sujeto no era de deseo o de lujuria, sino un tanto tétrica.

La muchacha se levantó de su asiento para marcharse a otro vagón, pero al hacerlo notó, a través de las ventanas, que algo se arrastraba por las paredes oscuras de las vías.

Escuchó un ligero lamento y percibió pequeñas criaturas de brazos cortos y delgados que reptaban y desaparecían en una curva.

Asustada, gritó.

Todos la observaron. Algunos se levantaron de sus asientos para socorrerla. Lara explicó lo ocurrido y algunos se rieron.

Nadie le creyó.

—Habrá sido un sueño —minimizó la mayoría.

El hombre de negro ya no estaba y nadie en el vagón lo había visto.

Luego de una noche auto-convenciéndose de que todo había sido fruto de una pesadilla, volvió a tomar el subte, para dirigirse al trabajo. Estaba sentada en un vagón solitario, cuando notó frente a ella, otra vez, al mismo sujeto. Con temor, Lara, miró al interior de las vías subterráneas, pero encontró nada más que pasajes oscuros. Cuando volteó, el hombre de negro ya no estaba.

Sin poder concentrarse en el trabajo, decidió volver a su casa. Tomó el mismo subte, y a mitad de camino, el sujeto de negro apareció.

—¿Quién sos? —lo increpó Lara.

El hombre misterioso no respondió, se levantó de su asiento y comenzó a correr dentro del tren; Lara lo siguió.

El sujeto traspasaba a las personas, mientras que la joven las esquivaba. Finalmente, el hombre atravesó una ventana y desapareció.

Lara se quedó parada en medio del subte, desconcertada. Los chillidos llegaron a sus oídos; oyó arrastrarse a pequeñas criaturas y las vio trepar por las paredes.

Eran bebés, niños, de siluetas negras, oscuros como carbón. Sus ojos brillaban y de sus bocas brotaba un funesto lamento.

Esa noche, Lara no pudo dormir. Soñó con el sujeto de negro: estaban en el mismo vagón y él le susurraba:

—Seguime.

Ella lo persiguió hasta las vías, buscando algo en el oscuro túnel.

Al día siguiente Lara no bajó en la parada que la conducía a su trabajo, sino que lo hizo a mitad de camino. Donde, anteriormente, habían aparecido las pequeñas criaturas.

Allí, el hombre de negro esperaba sentado. Su apariencia era la de una sombra de un ser que alguna vez había sido humano. Lara se acercó y el extraño comenzó a caminar. Sin que nadie la viera, lo persiguió hasta descender del andén; luego corrió por las vías, hasta que el fantasma finalmente desapareció.

La vía estaba abandonada desde hacía algunos años, por eso, caminó sin miedo a que apareciera un tren, aunque sí guardaba el temor de encontrarse con las criaturas. Algo debía de haber allí abajo; algo que solo ella podía resolver. Después de todo, era la única que los había visto y escuchado.

Caminó durante horas en la más solemne oscuridad, hasta que, cansada, se sentó a descansar. No podía ver ni sus propias manos. El fantasma volvió a aparecer, esta vez, como una estela blanca que iluminaba las sombras. Lo volvió a seguir hasta que sintió náuseas por un inminente olor a putrefacción.

Dobló en una curva, y con sorpresa observó una parte del infierno en nuestro mundo. Una montaña de cuerpos, un túmulo de niños muertos, desmembrados, cubiertos de moscas y de sangre. Lara comenzó a marearse; la pestilencia nauseabunda.

Entre las vías, bajo la ciudad en la que había crecido, había una colección de cadáveres y frente a ésta, había una estatuilla de un dios profano, un dios espacial, formado por un ojo y por una suma de cientos de tentáculos. Folletos de una religión desconocida decoraban el suelo; en ellos se establecía el sacrificio: ¡una ofrenda de niños para calmar la sed del señor de una galaxia lejana!

De repente, el fantasma la poseyó. Le mostró todo tal cual había ocurrido, lo que él había presenciado y lo que no pudo evitar...

Él estaba pasando por un mal momento cuando saltó frente al tren. Murió, dejando el plano de los vivos. A partir de entonces, vagó como fantasma entre subtes y andenes hasta que encontró, en la vía más oscura a un grupo de niños y bebés, atados. A su alrededor una decena de personas con capuchas negras, la estatua de un demonio del espacio y un sujeto fornido, encapuchado como los demás, que comenzó a golpear a los niños con una maza, en medio de discursos banales.

Entre ellos, Lara distinguió al presidente. Horrorizada, volvió a la realidad. Debía ir a la policía, tenía pruebas: un grupo de pequeños cadáveres, los folletos y la estatuilla. Pero si el presidente estaba detrás, con seguridad, la policía también. Ahora entendía por qué habían dejado la vía sin arreglar.

Sin embargo, ¡algo tenía que hacer!

Corrió, alejándose de la escena del crimen. Estaba por llegar al andén cuando su zapato se atoró entre los rieles. Por más que forcejeó, no logró sacarlo. Y la desesperación aumentó cuando vio las luces del subte que tomaba todos los días; parecían los ojos de un animal hambriento.

El sonido del motor ahogó el grito de Lara y las esperanzas de los desdichados fantasmas.

Las criaturas reaparecieron, esta vez para guiar a la joven a un mundo menos cruel.

Paul Calvetti Costa

EL FINAL DE WARREN

EL FINAL DE WARREN

Por Paul Calvetti Costa

Fiscalía General de Massachusetts
Verano de 1920

—Señor Fiscal, deseo ampliar mi declaración sobre la desaparición de Harley Warren. Soy la última persona que lo vio con vida pero no puedo dar fe de que esté muerto en un sentido clínico o formal. Desde ya, niego y rechazo cualquier acusación o responsabilidad relacionada con el fatal destino de Harley. No era mi amigo y lo acompañé al cementerio en contra de mi voluntad. Sé que era de Providence, pero desconozco si tiene parientes. Huyó de su hogar a los doce y se murmuraba que los padres estuvieron internados varias veces en el manicomio de Arkham, pero Harley nunca me habló de ellos.

»¿De dónde lo conozco? Ambos realizamos estudios de campo para la Universidad de Miskatonic. Mi investigación era sobre la antropofagia en los bosques de Maine y la suya, acerca de los suicidios masivos de las sectas milenaristas. Warren no tenía fortuna, o mejor dicho; sus padres la dilapidaron y por eso él vivía de su trabajo. Poseía un automóvil pero lo canjeó por un teléfono de campaña —de los que se usaban en las trincheras—, un aparejo de izamiento, una lámpara y una escopeta de dos tiros.

»La noche de su desaparición, se presentó en mi casa totalmente enajenado y temí contradecirlo.

Exigió que lo llevara con mi camioneta al cementerio Nuevo Atardecer, que lo ayudara a montar el aparejo de un polipasto e hiciera guardia mientras él descendía a una cripta.

»Por si no lo recuerda, Nuevo Atardecer fue la secta que realizó el suicidio masivo en la nochevieja de 1899. Años antes habían tenido mucha cobertura de prensa, no por sus extrañas doctrinas sobre el fin del mundo, el suicidio y la resurrección sino por la cantidad de dinero que gastaron en la construcción del cementerio que los albergaría luego de su muerte. Las calles de la necrópolis reproducen el diseño del laberinto concéntrico que el fundador de la secta tenía en su jardín.

»Conduje en silencio hasta el cementerio, evitando interrumpir las cavilaciones de Warren que parecía estar en un trance místico. Me guio con precisión dentro del cementerio y supuse que no era la primera vez que lo visitaba de noche. El lugar era espantoso. Un musgo grisáceo cubría todas las superficies, las malas hierbas habían intentado ganar terreno pero una ominosa presencia las marchitó. Todo era una ruina, fétidos vapores brotaban de las olvidadas catacumbas y una horda de perros vagabundos comenzó a aullar en cuanto llegamos. Sufrí un ataque de nervios e intenté huir pero Warren me dio una bofetada que me devolvió la compostura.

»Aparentemente, estábamos en el centro del cementerio-laberinto, delante de una pesada losa de piedra sin inscripciones; solo con un doble signo de ichtus, con ambos peces enfrentados y casi superpuestos. Mientras armamos el aparejo que permitiría izar la losa, no nos dimos cuenta de la jauría de perros vagabundos que se acercaba en silencio y nos rodeaba.

»Cuando estuvo todo listo, atamos un cabo del aparejo a la camioneta y le di marcha atrás, con suavidad. El cable se tensó, sonaron pequeños crujidos y un efluvio de gases miasmáticos escaparon por debajo de la losa. Los canes se acercaron gruñendo y mostrando los colmillos. Sus miradas amarillas no auguraban nada bueno pero Warren disparó al aire y los ahuyentó. Más serenos, terminamos de izar la losa y descubrimos unos peldaños que se hundían en la oscuridad.

»Con manos nerviosas, Warren preparó las dos partes del equipo telefónico y las unió a los extremos de una gran bobina de cable y me informó:

—Ahora descenderé a encontrarme con mi destino. Vigila que la losa no caiga por accidente y quede encerrado. Mientras alcance el cable, te mantendré informado. —Y se hundió en la oscuridad llevándose la lámpara y la escopeta.

»Temeroso e indefenso, me encerré en la camioneta con la ventanilla apenas bajada para que pasara el cable telefónico. El primer llamado me sobresaltó, pero Warren me informó que el descenso era tranquilo.

»Mientras tanto, los perros comenzaron a reagruparse y mi miedo los envalentonaba. Olían los bordes del túnel pero no se atrevían a bajar. De repente, sonó la campanilla del teléfono y pareció el aviso de largada: la jauría se arrojó al túnel y descendió en tropel por la escalera. Levanté el tubo para alertar a Warren y escuché como gritaba:

—¡¡¡Baja la losa!!! ¡¡¡Baja la losa y huye!!!

»Ante mi asombro, el cable se tensó y se desenganchó del teléfono. Horrorizado, salí de la camioneta y lo busqué a la luz de los faros. Recé para no tener que descender y lo encontré en el segundo peldaño. Con rapidez, volví a empalmarlo y, cuando iba a girar la manivela de llamada, escuché un tumulto que subía por las escaleras. Aterrado, me refugié en la camioneta y vi cómo los perros escapaban despavoridos del túnel. Cuando volví a salir para recuperar el teléfono, sonó —con absoluta claridad— un escopetazo desde lo profundo del pasaje subterráneo.

»Sin tener en cuenta que podía dañar el aparato, giré la manivela para establecer la llamada.

—¿Warren, estás ahí? ¿Warren, me escuchas? —grité volcando mi pánico en el aparato y recibí una respuesta calma, grave y profunda:

—Warren está rindiéndole cuentas a su padre.

Alfredo Nicolás Merele

4 am

4 am

Por Alfredo Nicolás Merele

—Estás tan pálida...

Su recuerdo no desaparecía de sus pensamientos.

Hacía semanas, si no eran meses, que permanecía encerrado en su habitación, rodeado de libros, de revistas y de ropas viejas. Apenas salía para buscar en la heladera algo de comer o para ir al baño, que apenas recordaba gracias a que sus manos olían a esencia de magnolia después de lavárselas. Ya no le importaba lo que podría pasarle, desde que ella se había ido.

Abandonado y miserable, echado sobre una cama en igual estado, ya no le quedaba nada más que una extraña sensación de no haber hecho nada por salvarla. Fue su culpa el fatal destino. Estiró la mano —antes ligeramente rosada y ahora solo un ilegible mapa de polvo acre— hacia la mesa de luz y tomó un viejo libro con la tapa cubierta de moho. Se trataba de La familia del vurdalak de Alekesei Tolstoi y recordó cuánto ella adoraba ese relato. Lo leyó ávidamente, a pesar de que lo había leído cada día desde que estaba allí, en cautiverio. Para cuando lo hubo terminado, la soledad volvió a invadirlo, pero no pudo llorar; ya casi no tenía fuerzas para hacerlo. Se dedicó a gimotear por lo bajo y se retorció un poco sobre la cama.

La habitación estaba apenas iluminada; sus ojos ya estaban adaptados a lugares con poca iluminación. Ella siempre bromeaba diciéndole que, en su vida anterior, había sido un gato o un lince; no podía creer que todavía no se hubiera quedado ciego leyendo con tan poca luz. Volvió a pensar en ella y una rabia que apenas pudo demostrar por su lamentable estado, se apoderó de él.

Empezó a contarse las costillas. Cuando terminó, buscó en la mesa de luz una moneda pero encontró un botón ya descolorido. Se lo colocó entre la tercera y la cuarta costilla; cabía a la perfección. Luego arrojó el botón contra la pantalla del televisor e hizo un ruido que cualquier otro no hubiera escuchado. Sin embargo, para él, sonó como media docena de platos cayendo al suelo. Esto le provocó una ligera jaqueca.

Buscó el control remoto pero no lo encontró. Probablemente, de encontrarlo, hubiese reproducido en la pantalla una vieja colección de VHS, de esas películas giallio que ella tanto adoraba y que había reunido a través de los años, pagando precios exagerados a coleccionistas oportunistas o contactando a videotecas de otras partes del mundo para conseguir productos de dudosa calidad artística. Así conoció a directores tales como *Lucio Fulci*, *Sergio Martino*, *Aldo Lado*, *Pupi Avati*, *Paolo Cavara* o *Umberto Lenzi*, entre otros. También recordó cuánto detestaba pasar las tardes enteras viendo esa clase de películas, pero ahora solo deseaba verlas, una vez más, junto a ella.

Estornudó y la sensación quisquillosa de estar vivo apareció otra vez. Miró al techo esperando algún tipo de respuesta. ¿Qué debía hacer en ese momento? ¿Intentar levantarse? ¿Permanecer inmóvil hasta que su estado cambiase como si se tratase de una oruga?

Se le ocurrió una mejor idea. Metió la mano debajo de la almohada, que desde hacía mucho había dejado de ser mullida, y sacó una petaca con pocas manchas de óxido. Bebió su contenido, como si no se tratara de alguien que apenas respiraba, y sintió que sus venas se hinchaban y pulsaban por todo el cuerpo. Se irguió un poco sobre la cama y observó mejor la habitación. Pensó que había estado allí más tiempo del que creía, pero otro recuerdo más poderoso lo invadió.

Hacía no mucho alguien lo había visitado. No era un familiar o un amigo para convencerlo de salir de ese aislamiento ilógico, sino alguien a quien nunca había visto. Se apareció en su apartamento; como estaba oscuro, apenas pudo reconocerlo. No podía afirmar si era hombre o mujer, delgado u obeso, solo podía creer que había estado allí, pues entre la soledad y la borrachera, no podía estar seguro de nada.

Rememoró el diálogo que mantuvieron. El extraño le dijo que su nombre era Uranum, que había visto cuánto sufría y que había decidido ayudarle, siempre y cuando él estuviera de acuerdo. Mientras intentaba dilucidar cuál había sido su respuesta, recordó que el extraño le dijo que al séptimo día después de ese encuentro, esperara en esa misma habitación hasta las 4 am.

Ella regresaría.

Apenas recordó esa información, buscó desesperado el reloj. Esa madrugada, se cumplían los siete días del confuso encuentro. Sobre la mesa de luz, los números fluorescentes marcaban las 3:57. El corazón se le aceleró aún más.

Un batallón de preguntas invadió su cabeza. ¿En verdad ese encuentro había tenido lugar? ¿Cómo podía estar seguro de que no había sido producto de su imaginación potenciada por la gran soledad?

De pronto, las dudas se convirtieron en certezas.

Ella regresaría.

Se preguntó cómo luciría. Él siempre bromeaba diciéndole que era una vampiresa, que por mucho que se esforzara por broncear su piel, siempre se veía inmaculada. Ella le contestaba que, cuando era niña, sus padres creyeron que padecía *xerodermia pigmentosa*, pero una consulta con el dermatólogo les aclaró que solo tenía la piel sensible, nada que un protector solar no pudiera resolver.

El reloj marcó las 3:58.

Se preguntó cómo sería su primer encuentro después de tanto tiempo. Él preguntaría dónde había estado y ella contestaría que en ninguna parte y en todas al mismo tiempo. Él diría que la había extrañado y ella, que también. Intentaría abrazarla, primero suavemente y luego con fuerza, para asegurarse de que no se trataba de un sueño.

3:59.

Se dio cuenta de su estado deplorable y que no podía dejar que lo viera así, pero recordó que a ella le gustaba su apariencia *franciscana*, decía que le recordaba un poco a los *beatnicks*. Intentó buscar un espejo, pero no tenía fuerzas para levantarse de la cama; ella lo entendería.

4 am.

Observó la puerta sin respirar. La puerta se abrió con un movimiento sutil y entonces, ella apareció. Su moribundo amante solo alcanzó a dedicarle tres palabras:

—Estás tan pálida.

M. Fernanda Bertonatti

CON LA MIRADA FIJA
EN LA PENCA

CON LA MIRADA FIJA
EN LA PENCA

Por M. Fernanda Bertonatti

Pobre Antonia, cuando el viento le empezó a molestar. Aquel todavía era viento.

Pobre, revisando diez veces las ventanas del *living* y doce, la rejilla de ventilación. Siete, las puertas de los armarios y cuatro, el altillo.

Pobrecita, cuando los rechines de la pinotea. Aún era la madera la que sonaba.

Pobre Antonia, cuando notó que la puerta que daba al patio tenía una parte quebrada: un rectángulo al ras del suelo. Por ahí podía entrar cualquier cosa. Cualquiera podía agacharse y espiar todos los movimientos de la casa.

Pobre, cuando se quedó dormida frente a la rotura. Aquella noche, la habían invadido. Esa, la primera noche, cuando se descuidó.

Los vecinos son los monstruos, soñaba.

Los vecinos habían visto todo por esa hendija.

Los vecinos habían estudiado los ruidos y cambiado la biblia de lugar.

Pobrecita, ella temblando en el rincón de la biblioteca con la mirada fija en la *Penca de Balangandan* que colgaba de uno de los estantes altos. La cuarta noche tenía un nuevo dije: un *preto* idéntico a la estatua que compró la señora Francis.

Pobre Antonia, cuando descubrió la de espaldas a la pileta de los vecinos y de frente a su medianera. La dieron vuelta; la espiaban a través de sus ojos pétreos.

Pobre, encerrada en el caserón.

Pobrecita, otra vez en vela para que el mal no creciera. ¿Lo soñaba o lo pensaba?

Pobre Antonia, cuando escuchó risas.

Pobre, cuando se volvieron pasos y los pasos, corridas.

Pobrecita, agarrando la cuchilla y recostándose al lado de Juanita para que no se le acercaran.

Pobre Antonia, cuando la pasó de la cuna a la cocina. Desde ahí los escuchaba mejor.

Pobre, ojerosa y sedienta. Pobrecita, ella amamantando a su hija en silencio.

Pobre Antonia, pegándose los párpados con alfileres y una cinta vieja para no caer sobre la beba, para que no se la cambien como a la biblia.

Pobre, cuando la vigilia se le hizo tortura y cerró los ojos. Pobrecita, cuando un segundo dije se vio alterado.

Pobre Antonia.

Pobre.

Pobrecita ella...

Pobre Antonia, cuando la puerta se quebró un poco más y el fiel Patán corrió valiente al patio.

Pobre, cuando el ladrido se volvió gemido.

Pobrecita, culpándose por no haberlo defendido.

Pobre Antonia, con las piernas otra vez cansadas. Pobre, con los brazos inútiles.

Pobrecita, rezando a un dios en el que ya no creía.

Los vecinos, pensaba.

Los vecinos son los monstruos.

Los vecinos vieron todo por la hendija.

Los vecinos estudiaron los ruidos y robaron la biblia.

Pobre Antonia cuando se quedó dormida.

Mauro Croche

UNA OSCURIDAD
SIN IGUAL

UNA OSCURIDAD
SIN IGUAL

Por Mauro Croche

Tenía diez años recién cumplidos, y estaba cansado de la tiranía de su madre.

"Que no hagas esto, que no hagas lo otro; que ordenes tu cuarto, que no te acuestes tarde jugando con la *Play* porque mañana tenés que ir a la escuela".

Todo un sistema de reglas, leyes y contratos unilaterales con el solo fin de ensuciarle la existencia. Porque él quería ser libre, jugar con sus amigos hasta la hora que le diera la gana, almorzar a las cinco de la tarde y cenar (por ejemplo) a las tres de la madrugada. Su madre quería que él fuese un paradigma ejemplar para la sociedad, cosa que le resultaba injusto, porque ella no era ejemplo para nadie.

Pensó entonces en matarla.

No sería tan difícil.

Después de todo, la vida de su madre estaba sujeta a todo tipo de excesos y peligros. Fumaba dos atados por día. Bebía. Volvía a altas horas de la noche. Se acostaba con borrachos y drogadictos de la peor calaña. Podía ocurrirle cualquier cosa. ¿Y a quién le extrañaría si, un día. salía a tender la ropa en la ventana y caía del séptimo piso hacia una muerte segura?

Nadie investigaría el hecho. "La del "7A" se cayó, borracha, y se fracturó el cráneo", dirían. "Murió en su maldita ley", dirían. "Y dejó un chico a merced del destino". Libre. Envidiablemente libre.

Decidió hacerlo.

El lunes a la mañana, su madre tenía medio cuerpo por fuera de la ventana, y luchaba para colgar una sábana en el tendedero. Ladeaba un poco el rostro para que el cigarrillo en su boca no se le apagara a causa del viento. Él se le acercó por detrás, silencioso. Observó su camisón repleto de manchas oscuras y le dijo:

—¿Mamá?

Ella se dio vuelta, mostrándole un perfil avejentado y ceniciento, nada parecido al que habría mostrado en lo mejor de la noche, bajo el eficaz camuflaje de las luces ultravioletas. Lo miró y quizá supo lo que él pensaba hacer, porque su voz tembló un poco al decir:

—¿Sí, hijo?

—Te odio. Papá se murió por culpa tuya. —Y la empujó con los hombros y con todo el peso de su cuerpo, como le habían enseñado en las prácticas de rugby.

Ella, siguiendo las inquebrantables leyes de la gravedad, cayó. Cayó con su camisón manchado, con el cigarrillo en los labios pintarrajeados con rimmel. Cayó con sus desgracias y miserias no confesadas. Cayó sobre el techo de un auto estacionado en el bordillo y su cabeza hizo: "¡Plum!". La sangre salpicó a la vecina del segundo "B", que justo salía para hacer las compras y que, al ver su vestido nuevo manchado de escarlata, comenzó a gritar a todo pulmón.

"Muerte accidental", dijeron los policías y nadie alzó la voz para expresar su desacuerdo.

La enterraron en el cementerio municipal, en un cajón de madera reciclada. A él lo metieron en un orfanato. Pensó que al fin alcanzaba la felicidad. Cierto que en el orfanato había que cumplir ciertas reglas, pero en ningún modo eran tan asfixiantes e injustas como las de su madre. Era libre. Casi tanto como lo había soñado.

Pero no duró mucho.

Durante uno de los días de visita, lo llamaron por el altavoz. Se extrañó al escuchar su nombre, porque nunca recibía visitas. Caminó hasta el comedor y ahí fue que la encontró, sentada al lado de un tipo de apariencia andrajosa. Tenía la mirada un poco extraviada pero, aparte de eso, era la misma de siempre.

Una capelina adornaba su cabeza.

—Hola, hijo —le dijo su madre—. Te presento a Carlos, mi nuevo novio. ¿Me extrañaste?

El tipo le regaló una sonrisa desdentada. Aún desde los buenos metros que los separaban, pudo percibir el olor del nuevo novio de su mamá. Un olor a podrido, a tumba recién abierta.

—¿Vas a quedarte ahí parado o vas a venir a abrazar a tu madre? —dijo ella ante el mutismo de él. Y se sacó el sombrero, dejando al descubierto una cabeza partida a la mitad, con los sesos amarillentos escurriéndose a través de una grieta en la coronilla.

Él se dio vuelta y echó a correr. Pero antes, manchó sus pantalones.

Desde entonces, fue conocido en el orfanato como "el amarronado", pero lejos estaba de preocuparse por estas cuestiones. Ahora veía a su madre casi todos los días, siempre acompañada por nuevos *tipejos*, hombres sin brazos, con cuchillos en la espalda, con el rostro chamuscado o sin ojos. Todos tan muertos como su madre. Todos tan oscuros y tristes como ella.

Su madre se había convertido en la *puta* del infierno.

Entonces, supo que no tardaría en volverse loco. Solo quedaba una escapatoria.

Lo hizo durante una noche, mientras los demás dormían. Dos vueltas de la soga en el cuello y a saltar. A esperar a la oscuridad; a esperar el olvido.

Pero lo aguardaba una última e inesperada sorpresa.

Porque no hubo ni oscuridad ni tampoco olvido. Es decir, sí los hubo al principio o, al menos, una especie de sombra sin nombre que se deslizaba por detrás de sus ojos y le desgarraba la razón. Pero luego, surgió un punto de luz roja que se fue ampliando hasta cubrir casi por entero el horizonte. Abrió los ojos. Percibió entonces el dolor de los condenados y el *rictus* eterno que comenzaba a dibujarse en la comisura de sus labios. El lugar era infinito. En la cima de una montaña había una silla tapizada en pieles humanas, ocupada por un ser gigantesco, de apariencia reptilesca. Y bajo él, una docena de mujeres ensangrentadas le lamían los pies con expresión de asco. Una de esas mujeres era su madre. Alzó la cabeza y lo vio, entonces le dijo:

—Bienvenido, hijo, bienvenido a la oscuridad sin igual. Vas a seguir las órdenes del amo y también las mías, porque, después de todo, sigo siendo tu madre —deslizó una lengua bífida por los dedos de los pies del ser gigantesco y luego, como recordando algo amargo, agregó—: Y ya no vas a poder matarme para librarte de mí. Estoy muerta. Los dos estamos muertos. Bienvenido al infierno, hijo. Que tengas una larga e ingrata estadía.

Pero él no escuchó estas últimas palabras; ya había comenzado a arrancarse la piel de la cara y a gritar.

ES EL FIN

Por Jorge Gómez

El Gallego, el del barrio suburbano, el que puso su pequeña carnicería en un humilde local, el que renunció al gran frigorífico de sus antecesores, además de su histórico oficio, poseía otro, por demás llamativo: era vidente.

Pero él no usaba cartas, huesillos ni borras de café. Una vez por semana llegaba a la carnicería un corazón de vaca fresco, tibio, casi palpitante. El procedimiento para predecir el futuro era el siguiente: el carnicero colgaba una gran tela blanca contra la pared, luego se situaba a unos cuatro metros frente a ella y arrojaba el corazón con fuerza contra el lienzo; luego, leía las manchas rojas.

Según él, los espíritus de millares de vacunos, muertos a manos de los humanos, escribían el futuro de sus asesinos con sangre. Quizás, como forma de venganza; tal vez, por piedad. Pero a pesar de lo convencido que parecía estar El Gallego cuando daba sus explicaciones, él no entendía a ciencia cierta las fuerzas con las que jugaba cada semana.

El rito, que llegó a aparecer en diarios internacionales, comenzó como un entretenimiento, como un chiste. Las primeras veces que el carnicero subió a la terraza a manifestar el porvenir, los pocos asistentes solo se rieron. Pero el tiempo le dio la razón. Las predicciones empezaron a cumplirse sin falla alguna. El ritual se volvió masivo y llegó a ser conocido como el "lunes del corazón".

Una vez por semana, durante unos cinco minutos, el barrio quedaba en un silencio solo roto por la voz del Gallego. Todos asistían con una mezcla de ansiedad y de temor. A veces venían extranjeros al barrio, por curiosidad, pero nunca volvían, ya que todas las predicciones eran negativas. El carnicero, cada lunes, anunciaba muertes, enfermedades, pérdidas, robos y estafas. Cada lunes, la gente se iba asustada.

Como todo oráculo, sus predicciones eran enigmáticas, solo podían entenderse cuando ya era tarde. Evitar el futuro predicho por la sangre era imposible.

Unos estudiantes de Filosofía y Letras y el diariero solían discutir sobre qué era primero. Se preguntaban si ese futuro existía desde antes de que el Gallego lo predijese. Los estudiantes decían que había una sugestión y que el barrio en cierto modo se esforzaba para que las predicciones se convirtiesen en verdad. El diariero, por su parte, estaba convencido de que cada rito era una maldición, que el carnicero invocaba algo enorme y que, semana a semana, esa entidad malvada se hacía más fuerte. Cada vez había más dolor en el barrio.

Los estudiantes echaban manos a sus herramientas teóricas, buscaban una respuesta ligada a la razón, nada fantástico o mágico. No querían aceptar que lo dicho por el canillita fuese la mejor respuesta.

La anteúltima vez que la lectura tuvo lugar fue cuando el Gallego, como todo lunes, tomó el corazón y, como todo lunes, lo arrojó contra la blanca tela. Pero esta vez, el corazón rebotó y quien fue empapado por la sangre fue él. Sobre la tela no se derramó ni una gota.

Así salió a la terraza, a su alrededor comenzaron a danzar moscas pero ninguna se posó sobre él. En un susurro que pocos oyeron dijo tres palabras:

—Es el fin.

Y se fue.

Como siempre, las teorías se empezaron a reproducir entre el público. Dos semanas después sin el "lunes del corazón", los vecinos del barrio empezaron a creer que lo que se había finalizado era el ritual.

—Por fin terminó de enloquecer —dijeron los que preferían que *el fin* fuese ajeno.

Al mes, se suicidó el diariero, con miedo del futuro que vendría. Y como si ese fuese el detonante que faltaba, al día siguiente, comenzó el fin. Nadie notó el amanecer rojo, con el sol como una bola de sangre. Nadie notó que cada día el color escarlata de las primeras horas era cada vez más intenso y duradero.

El primer caso fue una nena de ocho años. Al principio creyeron que era un caso fuerte de varicela, luego temieron un nuevo brote de viruela, pero era peor. Las llagas rojas reventaban en sangre y pus verde. A los pocos días se extendió por otros barrios y, una semana después, aparecieron los primeros casos en otros países. Ningún paciente sobrevivió más tiempo que el necesario para contagiar a otros.

El Gallego intentó el ritual por última vez. Horrorizado, vio la marca de sangre. No hacía falta ser vidente para entender esa sonrisa roja, inhumana, viva, que parecía ensancharse ante sus ojos.

Alan Souto

CASILDA

CASILDA

Por Alan Souto

El incendio redujo la estancia a una habitación miserable y al pozo de agua podrida, a unos metros. Aun así, Camila se aferraba al terreno como si su salvación dependiera de él.

—Un empujón más, *m'ija*, dale.

Pero *salvación* era una palabra que ya no existía para ella.

—¡Ahí viene, ahí viene!

Una sola noche bastó para arruinarla.

—¡Veo la cabeza! ¡Pujá! ¡Pujá!

Y no solo a ella. A todo cuanto la rodeaba.

—¿Qué es?

Una sola noche y un libro mohoso.

—¡Avemaría! ¡Es un *mostro*!

Cada vez que cerraba los ojos visualizaba, una vez más, la portada.

—No... Es hermosa. Es igual... a su papá.

Un símbolo extraño, fascinante y aterrador en partes iguales.

—¡Dios mío, perdonala! ¡Perdonanos a todos!

Indescifrable y temible como la luna, con un fulgor maligno y dorado.

—Casilda. Te vas a llamar Casilda.

Parecido a un andrajo de tela biliosa...

—¡No respira!

O al reflejo de una estrella en un charco de sangre.

—Tiene hambre.

O al nombre de un rey terrible...

—Camila, no... Por favor, *m'ija.*

...escrito en una lengua olvidada...

—Tiene que comer.

...divina, radiante...

—No, *m'ijita.* Por favor...

...y demencial.

—Vos harías lo mismo, mamá.

Camila vivió para alimentar a su hija hasta los seis años. Después, la niña fue una más de las huérfanas que vagaban por las calles de El Cruce. A los diez, La Araña le ofreció casa y comida a cambio de destrozar su niñez.

Marcada con un estigma celestial, Casilda creció a base de golpes y vejaciones que hicieron de su hermosura, una estrella negra. Fascinante como una tormenta en el mar y seductora como la luz abisal. Los hombres enloquecían por ella y ella gozaba del pecado sin nombre al que los arrastraba. Una niña-mujer con la sed de un sepulcro.

La pulpería brotaba de las mismas ruinas donde habían muerto su madre y su abuela. La habitación, de paredes chamuscadas, le servía de boliche y hogar. Casilda se las arreglaba para comprar una o dos botellas de vino y caña y algunos salames. Muy pocos se aventuraban a entrar y tan solo para ver a la joven que los atendía con dulzura agria, de fruta podrida.

Malik decidió correr el riesgo. La Piedad y El Cruce resultaron ser pueblos inhóspitos, con gente gris y tacaña, poco dispuesta a recibir forasteros. La pulpería era su último recurso. Le habían dicho que ahí vivía una bruja, "una putita", "una pendeja de mierda".

—Da igual —les había respondido—; seguro compra telas para vestidos.

Llegó con la noche. La media luna amarilla colgaba como una sonrisa siniestra y en los campos pelados reverberaban los huesos fluorescentes de vacas y caballos. Casilda parecía esperarlo sentada en un banquito de mimbre. La camisa, anudada sobre el vientre, dejaba casi al descubierto los pechos blanquísimos; llevaba el cabello rubio recogido en una trenza complicadísima y canturreaba un lamento sobre ciudades y estrellas perdidas. Cuando lo vio llegar, le clavó una mirada azul y profunda, como un lago gélido a la luz de un sol moribundo.

Malik avanzó hipnotizado, en medio de una ensoñación. El canto resonaba invitándolo a una danza mortal. Casilda se levantó cual princesa evadida de un cuento macabro y le tendió la mano. Una llama pálida que lo arrastró en un espiral de emociones.

La poseyó sobre el mostrador grasiento. Un juego fatal, donde el silencio gritaba conjuros impronunciables. Malik se hundió en la mirada arcana de la joven y sintió caerse en un vacío fluctuante donde parpadeaban estrellas de rayos sinuosos como tentáculos. En la sima, un signo profano goteaba sangre envenenada.

A las puertas del orgasmo, el Turco Malik, vendedor ambulante de telas, descubrió el pequeño altar donde cintas amarillas y andrajosas se enredaban en esqueletos de escuerzos. Ella apretó los músculos, atrapándolo en su interior, y él se derramó como un torrente. Recién entonces, le acarició las piernas. El alivio se convirtió en horror al sentir la textura viscosa de una masa de tentáculos que lo aprisionaba. No llegó a gritar. Casilda terminó su pesadilla al morderle el cuello con una boca deforme, llena de lenguas y colmillos.

ELMO
ROCKO
2019

Vanesa O' Toole

MUSEO

MUSEO

Por Vanesa O' Toole

URGENTE: Salta. Horror y conmoción por desaparición de momias de los niños del volcán.

Pérez Núñez, culpable de robo y de asesinato, podría convertirse en nuestra única esperanza.

"Es cierto que secuestré, maté y momifiqué a diecisiete niños y los usé para reemplazar a las momias de Llullaillaco sin levantar sospechas. Solo espero que el día de mañana, en vez de llamarme asesino, la sociedad pueda considerarme como el salvador de la raza humana", confesó en su diario Enrique Pérez Núñez. "Las momias no son parte del patrimonio cultural local; son ofrendas y hay que restituirlas a donde estaban. Los Incas fueron sabios y supieron aplacar la ira de los dioses... hasta ahora".

Pérez Núñez es estudioso *amateur* de mitologías antiguas. La policía explicó que jamás tuvo problemas con las autoridades hasta que los vecinos denunciaron un olor nauseabundo que salía de su casa. El horror se desató al irrumpir en la vivienda.

"Venían desapareciendo chicos en el barrio, pero nunca imaginamos que podían estar en esa casa. El tipo está loco. No solo mató a esas pobres criaturas sino que las momificó. Catorce eran. ¡Catorce chicos, Dios bendito!", relató una vecina a este diario.

Pérez Núñez detalló en su cuaderno personal que la técnica que utilizó para momificar a los chicos secuestrados fue la de los antiguos egipcios. "Con un gancho de bronce, les extraje el cerebro por la nariz. Después, les saqué las vísceras: el hígado y el intestino. Guardé todo en vasijas y traté de perfumar los cuerpos y la habitación, pero el hedor no fue fácil de disimular. El problema mayor fue cuando puse los cadáveres en el patio para secarlos al sol; el olor se hizo más intenso y los vecinos levantaron quejas".

Pero el horror no solo repercutió en el barrio, sino que se extendió a varios kilómetros de distancia, cuando un hecho, en principio no relacionado, se hizo eco de las noticias.

"Vinimos a Salta de paseo y visitamos el Museo. Nos llamaban la atención las momias de los niños, recientemente traídas de la Cordillera de los Andes", contó Silvia Fernández, turista chubutense. "Fue impactante. De repente, la piel de *la doncella* comenzó a caerse, como si la momificación hubiese quedado a medio hacer mientras que la que estaba en el lugar de *la niña del rayo* hizo un sonido sordo, como si estuviera viva dentro de ese cuerpo putrefacto e intentara gritar. De hecho, lo estaba haciendo", indicó con lágrimas en los ojos.

"Cuando preguntamos a las autoridades qué era lo que pasaba, nos vimos envueltos en un escenario terrorífico. Esos chicos no eran las momias de Llullaillaco sino niños que recientemente fueron momificados por un psicópata siniestro y despiadado, para robar las originales y poner otras en su lugar", argumentó Daniel Fernández, hermano de la turista chubutense.

Las autoridades del Museo denunciaron, la noche anterior, movimientos extraños en el recinto. Efectivamente, Pérez Núñez irrumpió la muestra para reemplazar unas momias por otras. En el lugar, se encontró ADN del sospechoso y fue así que la Policía llegó hasta la casa de Pérez Núñez donde, además de encontrar a otros pequeños en estado de descomposición, se corroboró en sus cuadernos que la cantidad de secuestrados fue de diecisiete, aunque solo se encontraran catorce. "Debí de practicar la momificación en reiteradas ocasiones. Los primeros intentos no fueron fructíferos. A decir, verdad, los últimos, tampoco. Pero no tenía demasiado tiempo; debía actuar antes de que fuese demasiado tarde", dejó por escrito Pérez Núñez en su diario.

Actualmente, Pérez Núñez se encuentra prófugo. La policía estima que va rumbo a la cima del volcán Llullaillaco, en el oeste de la provincia de Salta, noroeste de Argentina, a más de 6.000 metros de altura, según su propia confesión.

Tras la repercusión de la noticia, indignados del mundo entero armaron cadenas de oración por el descanso en paz de las víctimas fatales. Sin embargo, un grupo cada vez más numeroso cree que los actuales hechos que azotan distintos puntos del planeta comenzaron a ocurrir a partir del momento en que las momias originales fueron retiradas del volcán para ser exhibidas en el Museo.

"Ya nada podemos hacer por los niños secuestrados y momificados, pero por el bien de la humanidad entera, que Pérez Núñez ponga a las momias originales donde estaban. Es la única manera para que la plaga no nos extermine a todos. ¿Y qué son diecisiete niños, en comparación con la vida de todo el planeta?", declaró el secretario de Salud, ante el reciente brote de cólera que ya se ha cobrado a un tercio de la población mundial.

"La primera vez que vi a las momias en el Museo presté atención a cada detalle. Entre los objetos que se encontraron con ellas, descubrí un mensaje oculto. Supe entonces que yo había sido elegido para descifrarlo y que, si no devolvía las momias antes de la fecha estipulada, los dioses, extraterrestres o como quieran llamarlos, nos aniquilarían a todos", escribió Pérez Núñez casi al final de su diario. "Si bien soy culpable de haber asesinado a esos niños, que sea Dios quien juzgue si con esta aberración logro salvar al menos a un puñado de la población mundial de la ira de estos seres. Primero desatarán la peste. Después, el canibalismo. Y al final, esclavizarán a los pocos humanos que queden. No son los dioses benévolos a los que alguna vez rezamos; son tentáculos venidos de otras dimensiones que solo buscan entretenerse con nosotros. Somos marionetas de carne y hueso, y ellos manejan los hilos".

Esta mañana, se han dado a conocer los primeros casos de canibalismo en Colombia, Hungría e Indonesia. En palabras del secretario de Asuntos Internacionales, "las momias siempre traen una maldición. Y si bien Pérez Núñez es culpable de un hecho aberrante, ha actuado por un bien mayor. Guardamos esperanza en él y, por el bien de la humanidad entera, que por favor cumpla su misión", finalizó.

Michelle Rjauscher

EL ROSTRO
DE LA HUMANIDAD

EL ROSTRO
DE LA HUMANIDAD

Por Michelle Rjauscher

En silencio, todo suena más fuerte, como cuando se acumula la nieve; y un cuarto negro de dos por dos parece infinito, como las profundidades de un abismo.

Respiraba ese aire agridulce que producía la mezcla del aroma a lilas con muerte ajena. Mi corazón estaba exhausto, al margen de casi todo; pero él me sostenía de la mano... y todavía sentía ganas de vivir.

Esas paredes tan frías e inanimadas no me dejaban ver más allá. Unos ojos deseosos de sangre se clavaban en mí y solo en mí, tal vez, por el simple hecho de que ya no gritaba.

La puerta se abrió. No quería moverme, no lo necesitaba; sabía que alguien estaba allí, frente a nosotros, con hambre de dolor.

La desesperación me invadió por entero cuando supe lo que iba a hacer. Una corriente de repugnancia e histeria recorrió mi cuerpo y emergió en un único grito ahogado que desgarró mis pulmones. Un grito que ese alguien esperaba con satisfacción, a juzgar por la risa grotesca que emitió desde las sombras imperturbables de la habitación.

Sentía mis ojos hinchados; podía saborear mis lágrimas saladas; mis sienes latían al son de mi pequeño corazón adolorido. Mis labios, partidos y resecos, se fusionaban y mi nariz, tapada, despedía un molesto líquido, transparente y pegajoso.

Yo no conocía a quien estaba a mi lado. No podía saber si era joven o anciano; y él, ciertamente, tampoco me conocía a mí. Nuestro agarre no impidió que la figura invisible que irradiaba poder sobre nosotros se arrojara sobre él. No hubo sonido de pelea; no hubo más que un gemido. El sedoso beso del fino acero sobre la carne y luego, el húmedo derrame de la sangre caliente cayendo sobre mis pies desnudos. Entonces, esa alma desconocida se esfumó como la espuma del mar y yo volví a estar sola en la lúgubre habitación, aguantando la respiración, rodeada de esa atmósfera oscura, donde el aire pesaba con sabor a odio.

Ya había perdido noción de cuántas personas pasaron por esa terrible habitación; apenas unas pocas salieron respirando. Sabía que no iba a irme nunca. Mi condición era paupérrima; estaba rendida a sus experimentos, por más terror que me causaran.

Poco a poco, comenzó a acercarse, con esa mirada... Esa mirada que me daría pesadillas si me permitiese soñar; esa mirada que solo imaginaba, porque seguía permaneciendo oculta. Mi reacción no fue rápida, por lo que ya no me pude soltar. Necesitaba más que mis manos, tan pequeñas y frágiles, pero mis piernas estaban atadas y destrozadas.

No alcancé a comprender qué era eso que me succionaba ni aquello que me quitaba lentamente la vida. Comencé a quedarme sin aire; no podía respirar. Hacía frío, mucho frío; y me sentí morir una vez más. Una vez terminado el procedimiento, me soltó, dejándome caer en el suelo lleno de sangre. Luego se fue, arrastrando el otro cuerpo detrás suyo.

Horas, días, semanas... No sé cuánto tiempo pasé encerrada ahí dentro pero, de repente, se hizo la luz. Era tintineante y de una tonalidad sepia, pero era luz. Después de tanta oscuridad, veía luz. Por un instante, creí que estaba muerta. Pero no.

Cuando mis ojos se adaptaron a la casi olvidada luminosidad, pude notar la habitación en la que estaba. Era grande y espaciosa; el suelo, de cemento, con una gruesa capa de polvo y sangre seca. No había ventanas. O sí, pero estaban tapiadas. Solo una puerta gris de hierro. El único mobiliario era una cama también de hierro gris, grande, con un colchón fino, una manta roída y esposas en cada esquina.

Junto con la vista, volvía poco a poco la memoria y el por qué yo estaba allí, cómo había llegado... Era todo muy confuso; no podía terminar de entender. Ver al hombre que entraba por esa única puerta me ayudó a recordar. Caminaba con pasos cautelosos, mirándome a los ojos. Yo temblaba y no me podía mover del miedo que me generaba. Siguió acercándose, con un elemento pequeño y brillante en su mano, hasta que se detuvo y se arrodilló frente a mí.

Reaccioné demasiado tarde; cuando intenté moverme, algo había aplacado mi latente rebeldía. Se sintió como el sueño despierto, con un resplandor de vigilia; el desdoblamiento de la visión, la visión panorámica, la ralentización del tiempo... Todos los efectos incrementaban la desesperación que invadía mi ser. Un torrente de repulsión y de turbación atravesó mi cuerpo junto con el líquido viscoso, llegando a cada rincón de mi carne. Ya ni siquiera podía ver sus ojos, pero sentía cómo sus manos acariciaban mis piernas, moviéndolas a su antojo, y sus dedos pegajosos, que se extendían en miles de lugares a la vez; siguieron subiendo mientras yo tenía las manos y los pies atados. Su tacto estaba en mi pecho cuando comenzaron las convulsiones. Cerré los ojos y la boca, y las lágrimas corrieron, empapando mi rostro.

No puedo expresarme con fluidez. No puedo llorar, reír, ni siquiera sufrir tranquila. ¿Qué haré, entonces, con este espíritu indomable que surge lentamente de mi pecho, si no puedo zafarme de esta jaula que me retiene con mano férrea?

La droga me hace ir de vuelta a la oscuridad, a los monstruos, a las pesadillas, a la locura.

No sé si estoy despierta o si estoy soñando, no sé qué es real y qué invención. No sé qué mundo es mejor o peor; no sé por qué no puedo salir de esta oscuridad pero parto, casi feliz. Tal vez un día, esta maldición acabe y pueda volver a los cielos y a la luz de donde pertenezco. Lejos de esta humanidad corrompida, que lo único que hizo fue darme dolor y vergüenza.

ÍNDICE